SUITE HISPANO-AMÉRICAINE

LE MONDE
DU BOUT DU MONDE

DU MÊME AUTEUR

CHEZ LE MÊME ÉDITEUR

Le Vieux qui lisait des romans d'amour, 1992

Le Monde du bout du monde, 1993

Un nom de torero, 1994

Le Neveu d'Amérique, 1996

Histoire d'une mouette et du chat qui lui apprit à voler, 1996

Rendez-vous d'amour dans un pays en guerre, 1997

Journal d'un tueur sentimental, 1998

Yacaré/Hot Line, 1999

Les Roses d'Atacama, 2001

La Folie de Pinochet, 2003

Une sale histoire, 2005

Les Pires Contes des frères Grim
(avec Mario Delgado-Aparaín), 2005

La Lampe d'Aladino et autres histoires pour vaincre l'oubli,
2009

L'Ombre de ce que nous avons été, 2010

Histoires d'ici et d'ailleurs, 2011

Dernières nouvelles du Sud
(avec Daniel Mordzinski), 2012

Luis SEPÚLVEDA

LE MONDE
DU BOUT DU MONDE

Traduit de l'espagnol (Chili)
par François Maspero

Éditions Métailié
20, rue des Grands Augustins, 75006 Paris
www.editions-metailie.com
2012

Titre original : *El mundo del fin del mundo*

ISBN : 978-2-86424-864-4
ISSN : 1281-5667

Luis SEPÚLVEDA *est né en 1949 et vit actuellement dans les Asturies, en Espagne, après avoir habité Hambourg et Paris. Il est l'auteur, entre autres, du* Vieux qui lisait des romans d'amour, *d'*Un nom de torero, *de* Histoire d'une mouette et du chat qui lui apprit à voler, *des* Roses d'Atacama, *de* La Folie de Pinochet, *d'*Une sale histoire, *de* La Lampe d'Aladino *et de* L'Ombre de ce que nous avons été. *Ses livres sont traduits dans 50 pays.*

À mes amis chiliens et argentins qui luttent pour la préservation de la Patagonie et de la Terre de Feu. À leur généreuse hospitalité.

À l'équipage du nouveau Rainbow Warrior, *navire amiral de Greenpeace.*

À Radio Ventisquero *de Coyaique, voix de ceux du bout du monde.*

Puerto Montt
ARGENTINE
I. Chiloe
G. de Corcovado
Puerto Chaiten
Can. de Moraleda
I. Victoria
Balmaceda
Can. de Darwin
CHILI
Patagonie
OCEAN PACIFIQUE
OCEAN ATLANTIQUE
Can. Chear
G. de Penas
Can. Baker
Can. Messier
Ile Mornington
Ile Hanover
I. Désolation
Punta Arenas
Terre de Feu
Détroit de Magellan
Cap Horn

I

1

“Appelez-moi Ismaël… appelez-moi Ismaël…” Je ne cessais de me répéter cette phrase en attendant dans l’aéroport de Hambourg, et je sentais qu’une force extraordinaire rendait mon mince billet d’avion plus lourd, toujours plus lourd à mesure que l’heure du départ approchait.

J’avais passé le premier contrôle et j’arpentais la salle d’embarquement, accroché à mon sac de voyage. Je ne l’avais pas rempli exagérément : un appareil photo, un carnet de notes et un livre de Bruce Chatwin, *En Patagonie.* J’ai toujours détesté les gens qui soulignent ou mettent des annotations dans les livres, mais dans celui-là mots soulignés et points d’exclamation s’étaient accumulés au bout de trois lectures. Et je comptais le lire une quatrième fois pendant le vol Hambourg-Santiago du Chili.

J’avais toujours voulu retourner au Chili. Oui, je le voulais vraiment, mais au moment de la décision la peur l’emportait, et le désir de retrouver mon frère et les amis que j’ai là-bas était devenu une promesse en laquelle je croyais de moins en moins à force de l’avoir trop répétée.

J'avais passé trop d'années à vagabonder sans but précis et, parfois, l'envie de m'arrêter me conseillait un petit village de pêcheurs en Crète, Ierapetra, ou une paisible bourgade asturienne, Villaviciosa. Et puis, un jour, le livre de Chatwin m'était tombé entre les mains, et voilà qu'il m'avait rendu à un monde que je croyais avoir oublié et qui m'attendait toujours : le monde du bout du monde.

Quand j'avais lu pour la première fois le livre de Chatwin, j'avais été pris de la nostalgie du retour, mais la Patagonie était trop loin des simples désirs, et les distances ne font souffrir que lorsqu'elles sont associées à des souvenirs.

Aéroport de Hambourg. Les voyageurs entraient et sortaient de la boutique hors-taxes, occupaient le bar, certains avaient l'air nerveux, ils regardaient leur montre comme s'ils doutaient de l'exactitude répétée sur des douzaines d'horloges électroniques. Le moment approchait où les portes allaient s'ouvrir et où, après le contrôle des cartes d'embarquement, un bus allait nous mener à l'avion. Je pensais qu'après vingt-quatre ans d'absence je revenais au monde du bout du monde.

2

J'étais très jeune alors, presque un enfant, et je rêvais aux aventures qui m'ouvriraient la voie d'une vie loin de l'ennui et de l'abrutissement.

Je n'étais pas seul dans mes rêves. J'avais un Oncle, oui un Oncle avec une majuscule. Mon Oncle Pepe, dont le caractère tenait davantage de ma grand-mère basque, l'indomptable, que de mon grand-père andalou, le pessimiste. Mon Oncle Pepe. Volontaire dans les Brigades Internationales pendant la Guerre civile espagnole. Une photo qui le représentait à côté d'Ernest Hemingway était l'unique patrimoine dont il s'enorgueillissait, et il ne cessait de me répéter qu'il fallait trouver le chemin et se mettre en route.

Faut-il ajouter que l'Oncle Pepe était la brebis galeuse de la famille et que, plus je grandissais, plus nos rencontres se faisaient clandestines ?

C'est de lui que j'ai reçu mes premiers livres, ceux qui m'ont fait connaître des écrivains que je n'oublierai jamais ; Jules Verne, Emilio Salgari, Jack London. C'est de lui que j'ai reçu une histoire qui a marqué ma vie : *Moby Dick*, d'Herman Melville.

J'ai lu ce livre à quatorze ans et, à seize, je n'ai pu résister davantage à l'appel du Sud.

Au Chili, les vacances d'été durent de la mi-décembre à la mi-mars. D'autres lectures m'avaient appris que de petites flottes de baleiniers mouillaient aux confins continentaux du cercle antarctique, et je brûlais d'impatience de connaître ces hommes que j'imaginais les héritiers du capitaine Achab.

Convaincre mes parents de la nécessité de ce voyage n'a été possible que grâce au soutien de l'Oncle Pepe qui, de plus, m'a payé mon billet jusqu'à Puerto Montt.

Les premiers mille et quelques kilomètres du voyage à la rencontre du monde du bout du monde, je les ai faits en train, jusqu'à Puerto Montt. Là, face à la mer, les rails s'arrêtent brusquement. Après, le pays se morcelle en milliers d'îles, d'îlots, de canaux, de passes, jusqu'aux abords du pôle sud et, dans la partie continentale, les cordillères, les glaciers, les forêts impénétrables, les neiges éternelles, les lagunes, les fjords et les fleuves capricieux empêchent de tracer des routes ou des voies ferrées.

À Puerto Montt, grâce à la recommandation de mon Oncle bienfaiteur, j'ai été accepté dans l'équipage d'un bateau qui embarque et débarque marchandises et passagers entre cette ville et Punta Arenas, la ville la plus australe du monde.

Le capitaine de l'*Étoile du Sud* s'appelait Miroslav Brandovic et c'était un descendant d'émigrés yougoslaves que mon Oncle avait connu au cours de ses aventures en Espagne puis dans les maquis français. Il m'a accepté à son bord en qualité d'aide-cuisinier et nous avions à peine levé l'ancre que j'ai reçu un couteau aiguisé avec l'ordre d'éplucher un sac de pommes de terre.

Le voyage durait une semaine. Nous devions parcourir un millier de milles environ pour atteindre Punta Arenas : le bateau s'arrêtait d'abord devant des anses ou des ports de faible profondeur sur la grande île de Chiloé, chargeait des sacs de pommes de terre, d'oignons, des tresses d'ail, des ballots d'épais ponchos de laine vierge, puis poursuivait sa route sur les eaux toujours agitées du golfe de Corcovado, avant d'emprunter la bouche nord du canal de Moraleda et de pénétrer dans le grand fjord d'Aysén, seule voie menant à la douce quiétude de Puerto Chacabuco.

Il relâchait quelques heures dans ce lieu protégé par des cordillères, juste le temps de profiter de la profondeur donnée par la marée haute et, le chargement terminé, presque toujours de la viande, il reprenait le chemin de la pleine mer.

Cap à l'ouest nord-ouest, jusqu'au débouché du grand fjord et au canal de Moraleda. Alors, prenant la direction du nord, il s'éloignait des eaux gelées de San Rafael, des bancs de glace, des malheureuses embarcations happées par leurs tentacules de gel avec, bien souvent, tout leur équipage.

Plus au nord, après un certain nombre de milles, l'*Étoile du Sud* obliquait vers l'ouest, doublait l'archipel des Guaitecas et gagnait la pleine mer pour continuer sa route presque en ligne droite, la proue pointée vers le sud.

Je crois que j'ai épluché des tonnes de pommes de terre. Je me réveillais à cinq heures du matin pour aider le boulanger. Je servais les tables de l'équipage. J'épluchais les pommes de terre. Je lavais les assiettes, les casseroles, les couverts. Je revenais aux pommes de terre. Je dégraissais la viande de bœuf. Encore les pommes de terre. Je hachais les oignons pour les *empanadas*. Et toujours les pommes de terre. Et les pauses, que les matelots employaient à ronfler comme des sourds, je les consacrais à apprendre tout ce que je pouvais concernant la vie à bord.

Au sixième jour de navigation, j'avais les mains pleines de cals et je me sentais très fier. Ce jour-là, après avoir servi le petit déjeuner, j'ai été appelé par le capitaine Brandovic sur le pont de commandement.

– Quel âge tu m'as dit que tu avais, mousse ?

– Seize ans, capitaine. J'en aurai bientôt dix-sept.

– C'est bien, mousse. Tu sais ce qui brille à bâbord ?

– C'est un phare, capitaine.

– Ça n'est pas n'importe quel phare. C'est le phare Pacheco. Nous sommes devant le groupe des Évangélistes et nous nous préparons à entrer dans le détroit de Magellan. Voilà déjà quelque chose que tu pourras raconter à tes petits-enfants, mousse. Un quart à bâbord et demi-machine, a ordonné le capitaine Brancovic en oubliant ma présence.

J'avais seize ans et j'étais heureux. Je suis descendu à la cuisine pour continuer à éplucher mes pommes de terre, mais là une bonne surprise m'attendait : le cuisinier avait changé le menu et il n'avait pas besoin de moi.

J'ai passé toute la journée sur le pont. Nous étions en plein été, mais le vent m'engourdissait en me pénétrant jusqu'aux os et c'est bien emmitouflé dans un épais poncho de Chiloé que j'ai regardé défiler les groupes d'îles, tandis que nous continuions notre route vers le sud-est.

Je connaissais sur le bout des doigts ces noms évocateurs d'aventures : l'île Condor, l'île Parker, la Malédiction de Drake, Port-Miséricorde, l'île Désolation, l'île Providence, le Rocher du Pendu...

À midi, le capitaine et les officiers se sont fait servir le déjeuner sur le pont de commandement. Ils ont mangé debout sans quitter de l'œil un instant la carte marine et les instruments de navigation, et sans cesser de communiquer avec la salle des machines dans un langage de chiffres qu'ils étaient seuls à comprendre.

Je servais le café quand le regard du capitaine s'est de nouveau arrêté sur moi :

– Qu'est-ce que tu fichais à te geler sur le pont, mousse ? Tu veux attraper une pneumonie ?

– Je regardais le détroit, capitaine.

– Reste ici, tu le verras mieux. C'est maintenant que commence la partie vache du voyage, mousse. On va se farcir le détroit au sens le plus fort du mot. Regarde. À bâbord, on a la côte de la péninsule de Cordoba. Elle est bordée de récifs tranchants comme des dents de requin. Et à tribord, le panorama n'est pas meilleur. Là, c'est la côte sud-est de l'île Désolation. Des récifs mortels et, dans quelques milles, comme si ça ne suffisait pas, on va tomber sur les courants du canal Abra, qui portent toute la force de la pleine mer. Ce foutu canal a bien failli avoir la peau de Fernand de Magellan. Mousse ! Tu peux rester, mais bouche cousue. Ne l'ouvre pas avant d'avoir vu le phare d'Ulloa.

L'*Étoile du Sud* naviguait machines au ralenti et, vers sept heures du soir, nous avons aperçu sur bâbord les faisceaux d'argent du phare d'Ulloa qui scintillaient à l'horizon. À cet endroit, le détroit de Magellan s'élargit. L'allure est devenue plus rapide et les hommes se sont détendus.

À onze heures, les flots de lumière du phare du cap Croward ont baigné le bateau d'une caresse de bienvenue, le capitaine Brandovic a donné l'ordre de mettre le cap au nord et le cuisinier m'a réclamé pour servir l'équipage affamé.

Après avoir fait la vaisselle et nettoyé la cuisine, je suis monté sur le pont. Le ciel diaphane semblait si proche qu'on avait envie de tendre le bras pour toucher les étoiles. Et l'on devinait, également très proches, les lumières de la ville.

Punta Arenas est située sur la côte ouest de la péninsule de Brunswick. Dans cette partie, le détroit de Magellan fait environ vingt milles de largeur. De l'autre côté commence la Terre de Feu et, un peu plus au sud, les eaux de la Baie Inutile forment dans le détroit une lagune large de quelque soixante-dix milles.

Le lendemain, le voyage d'aller était terminé. J'ai servi le dernier petit déjeuner et le capitaine Brancovic m'a dit au revoir en me rappelant la date du retour, dans six semaines. Il m'a tendu sa main puissante de marin et une enveloppe sur laquelle je ne comptais pas. Elle contenait plusieurs billets. Une vraie fortune pour un garçon de seize ans.

– Merci beaucoup, capitaine.

– Tu n'as pas à me remercier, mousse. Le cuisinier assure qu'il n'a jamais eu de meilleur aide à bord.

J'étais à Punta Arenas, mes mains étaient devenues calleuses et j'avais en poche mon premier argent gagné en travaillant. Après avoir vagabondé quelques heures dans la ville, j'ai cherché la maison des Brito, qui étaient également des connaissances de mon Oncle Pepe et qui m'ont reçu à bras ouverts.

Les Brito étaient un couple sans enfants et ils connaissaient la région comme la paume de leur main. Elena enseignait l'anglais dans un institut et Don Félix combinait ses activités de speaker à la radio avec ses recherches de biologie marine. Quand il a su mon intérêt pour les baleiniers, Don Félix s'est senti concerné et m'a immédiatement convié à regarder des photos ainsi que quelques tableaux peints par son grand-père, un marin breton qui était arrivé très jeune en Terre de Feu et n'avait jamais voulu repartir.

Comme la plupart des constructions australes, la maison des Brito était en bois. La salle de séjour spacieuse était pourvue d'une cheminée en pierre que nous allumions le soir, et l'atmosphère accueillante invitait à garder le silence en écoutant le murmure de la mer proche. J'ai passé ainsi les quatre premiers jours face à la Terre de Feu. Le matin, nous montions dans la Land Rover pour prendre la route qui relie Punta Arenas à Fuerte Bulnes par le sud et, le soir, nous nous asseyions devant la cheminée. Alors Don Félix me parlait des baleines et des baleiniers.

Il connaissait des histoires intéressantes et il savait très bien raconter. Mais je ne voulais pas écouter : je voulais vivre.

Don Félix a fini par se rendre compte que mon esprit était très loin de ce lieu agréable et, fermant l'album de photos, il m'a dit :

– On dirait que tu t'es bien enfoncé dans la caboche cette idée d'embarquer sur un baleinier. Inutile de lutter contre. Enfin. La première chose à faire, c'est de passer de l'autre côté du détroit, à Porvenir. En cette saison, les quelques baleiniers qui restent sont en mer, mais je sais qu'un de mes amis a son bateau mouillé à Puerto Nuevo pour y faire des réparations. C'est un homme difficile, mais s'il t'accepte, mon garçon, tu auras l'aventure dont tu rêves.

3

Le lendemain matin, j'ai traversé le détroit à bord d'une lanche chargée à ras-bord de bonbonnes de gaz. Puerto Nuevo est à environ cent kilomètres au sud-est de Porvenir, et je me suis planté, dans l'attente d'un véhicule, au bord de la route qui relie Porvenir à San Sébastian, village situé sur la frontière avec la partie argentine de la Terre de Feu.

J'ai eu de la chance, car au bout d'une demi-heure une jeep du ministère de l'Agriculture s'est arrêtée. Elle transportait des vétérinaires qui se sont montrés ravis de rencontrer un garçon en vadrouille aussi loin de Santiago. La route empierrée courait parallèlement à la côte nord de la Baie Inutile, et ils m'ont laissé à Puerto Nuevo vers trois heures de l'après-midi.

L'endroit consistait en une vingtaine de maisons alignées, formant une rue qui s'achevait à la mer. Je devais chercher un bateau, l'*Évangéliste*, et son patron Antonio Garaicochea, plus connu sous le nom du Basque.

Sur le quai d'accostage, j'ai trouvé un certain nombre d'embarcations de petit tonnage, mais l'*Évangéliste* demeurait invisible. Craignant qu'ils n'aient appareillé, je me suis approché d'un groupe d'hommes qui calfataient un bateau.

– C'est qui que tu cherches, gamin ?

– Don Antonio Garaicochea. Le patron de l'*Évangéliste*. On m'a dit qu'il était ici pour réparer son bateau.

– Ah ! Le Basque. Ils sont sortis pour faire des essais. Ils vont pas tarder à revenir, a dit un homme, et ils se sont remis à leur calfatage.

Je n'ai pas voulu rester sur le quai parce que j'étais gêné par les regards amusés des hommes, et aussi parce que j'avais faim. J'ai marché entre la double rangée de maisons de bois, à la recherche d'un magasin. Soudain, en passant devant une porte ouverte, une odeur irrésistible d'oignons frits m'a arrêté. J'ai levé la tête et j'ai vu l'enseigne, une planche peinte : *Pension Fuégienne.* L'odeur a achevé de me pousser et, pour la première fois, je suis entré seul dans un restaurant.

L'endroit était vide. Aucun client n'occupait les tables rangées en deux files qui se terminaient par un comptoir orné de lampes à huile et de fleurs artificielles. Je me suis assis à une table et j'ai attendu qu'on s'occupe de moi.

Une femme est apparue au fond du local et s'est approchée avec une expression d'étonnement.

– Qu'est-ce que vous voulez, mon petit jeune homme ?

– Quelque chose à manger. Je n'ai rien pris depuis ce matin.

– Si vous voulez, je vous fais un petit sandwich avec un petit morceau de fromage.

– Vous n'avez rien de chaud ? Ça sent pourtant drôlement bon. Je peux payer, madame. Ne vous en faites pas.

– C'est que j'ai pas le droit de servir les mineurs. Si les carabiniers arrivent, ils me donneront une amende énorme.

Je me suis levé à contre-cœur. Être mineur était parfois comme une malédiction. Je devais faire une telle tête que la femme a été touchée et qu'elle m'a appelé au moment où j'arrivais à la porte.

– Attendez, mon petit jeune homme. Je vais vous servir un petit morceau de petit mouton avec des petits oignons et des petites pommes de terre.

Le "petit morceau" s'est avéré être un demi-gigot de mouton rôti et j'ai mangé comme quatre, tout réjoui de l'aventure. Je pensais à mes amis de Santiago et à leurs sempiternelles vacances d'été, toujours pareilles, sans le moindre imprévu : un mois sur les plages de Carthagène ou de Valparaiso, avec promenades l'après-midi et beaucoup de crème pour soigner les coups de soleil. Moi au moins, j'aurai des choses à raconter à mon retour. Je n'étais pas parti depuis deux semaines et j'avais déjà une expérience de marin, des cals aux mains, j'avais traversé le détroit de Magellan, j'avais gagné de l'argent et je me trouvais tout près du bout du monde en train de manger un demi-gigot de mouton. Une voix grave m'a tiré de ces réflexions heureuses. Elle appartenait à l'un des deux carabiniers qui s'approchaient du pas pesant caractéristique des hommes qui viennent de descendre de cheval.

– Qu'est-ce que vous faites ici, jeune homme ? a demandé le plus gradé.

J'ai avalé en hâte avant de répondre.

– J'attends Don Antonio Garaicochea. Je viens de Punta Arenas et j'ai un message pour lui. On m'a dit sur le quai qu'il était sorti pour essayer son bateau, et comme j'avais faim je suis entré pour manger…

– Vous n'êtes pas d'ici, l'ami. Vous parlez trop. Vous ne vous seriez pas enfui de chez vous, par hasard ? Vous êtes d'où ?

– De Santiago.

Ma réponse a fait sursauter le carabinier qui posait les questions.

– Voyons ça. Vous avez votre carte d'identité ?

Je l'avais, et toute neuve. Je la lui ai donnée, ainsi que l'autorisation notariée signée par mes parents et plastifiée. Le carabinier a lu en remuant les lèvres.

Après les formules d'usage, nom, prénoms et domicile, l'autorisation disait : “Et en notre qualité de parents légitimes et responsables légaux du porteur, déclarons que celui-ci voyage dans le sud du territoire national avec notre permission et consentement. Cette autorisation est valable jusqu'au 10 mars 19.”

– Un sacré vadrouilleur, le bonhomme. Qu'est-ce que vous en dites, brigadier ? Il est de Santiago, l'ami. C'est gentil, ça. Je suis content de savoir qu'il y a encore des Chiliens qui ont envie de connaître leur pays. Il est comment, le petit mouton ? s'est enquis amicalement le carabinier en me rendant mes papiers.

– Drôlement bon, ai-je réussi à répondre et, à ce moment précis, deux hommes sont entrés dans la pièce. C'étaient deux individus carrément énormes. Deux vraies armoires à glace.

– Quand on parle du loup..., a dit un carabinier en les saluant.

– Eh, le Basque ! Ce petit-là dit qu'il vous cherche.

L'interpellé a ôté son béret grand comme une poêle à frire et m'a inspecté lentement des pieds à la tête. Après quoi il s'est retourné vers son compagnon et a haussé les épaules.

– Eh bien, nous voilà, a murmuré le Basque et, de l'index, il m'a fait signe de venir près de lui.

Ce premier contact ne m'a pas plu du tout, et j'ai pensé que ça allait être difficile de parler de mes désirs avec les carabiniers sur le dos. Heureusement, les galonnés considéraient leur mission comme terminée et ils sont sortis du local pour aller retrouver leurs chevaux.

– Asseyez-vous. Dites-nous ça, l'ami.

– Eh bien... je viens de Santiago... mais je suis d'abord passé par Punta Arenas. Don Félix Brito vous envoie ses salutations...

– Dites donc. On le remercie bien. Vous ne voulez pas boire quelque chose ?

– Merci. Une limo... Je n'ai pas pu terminer le mot, car le compagnon du Basque criait déjà en direction de la cuisine :

– Madame Emilia ! Un litre de chicha, de la bien forte pour nous, et un petit verre, de la doucette, pour le petit ami !

Les diminutifs qui sont si courants dans le sud du Chili avaient vraiment l'air minuscules quand ils sortaient des lèvres de ce colosse.

La femme est arrivée avec la commande et j'ai vécu une autre grande et inoubliable découverte de ce voyage. J'ai goûté au jus très doux des pommes fuégiennes, petits fruits dont la peau dure protège la pulpe blanche des morsures cruelles des vents polaires. Fruits de pommiers plantés par des émigrants venus de Dieu sait où, fruits qui sont laids, avec leur couleur café délavé, mais d'une saveur incomparable.

– À votre petite santé, a dit le compagnon en levant son verre. Il s'appelait Don Pancho Armendia et était l'associé, le compère, le second à bord, le harponneur et le meilleur ami du Basque.

Les hommes ont commencé à régler leur compte à deux demi-gigots de mouton et je me sentais mal à l'aise avec mon verre à la main, buvant la chicha de pommes à petites gorgées.

– Alors comme ça, c'est Don Félix qui vous envoie. Dites donc. Et qu'est-ce qu'on peut faire pour vous, mon petit ami ?

Ça, c'était La Question. Avant même de quitter Santiago, je tenais prêt le discours que je pensais sortir au premier baleinier que je rencontrerais, mais, assis là, face aux deux hommes qui mangeaient en silence, je ne trouvais pas mes mots.

– M'emmener avec vous. Pas longtemps. Un voyage, c'est tout.

Le Basque et Don Pancho se sont regardés.

– Ce qu'on fait n'est pas un jeu, petit. On travaille dur. Et plus que dur, quelquefois.

– Je sais. J'ai l'expérience de la mer. Enfin, pas beaucoup.

– Et quel âge vous avez, si on peut savoir ?

– Seize ans. Mais j'en aurai bientôt dix-sept.

– Dites donc. Et vous allez pas à l'école ?

– Si. Je profite des vacances d'été.

– Dites donc. Et d'où vous l'avez, cette expérience ?

– J'ai navigué sur l'*Étoile du Sud*. Enfin, j'ai fait le trajet de Puerto Montt à Punta Arenas comme aide-cuisinier.

– Dites donc. Alors, comme ça, vous connaissez le Polonais.

– Le capitaine Brandovic ? Je crois que son nom est yougoslave.

– Chez nous, tous ceux dont les noms se terminent en "ki" ou en "itch", on les appelle les Polonais, m'a informé Don Pancho.

La conversation, si l'on peut dire, s'est poursuivie sur un ton vaguement maussade qui me paraissait sans perspectives. Je voyais mes illusions partir en fumée tandis que les deux hommes mangeaient et, de temps en temps, formulaient une nouvelle question. Je commençais à détester les "dites donc" que Don Antonio Garaicochea sortait comme une ritournelle inévitable. Là-dessus, un groupe d'hommes est entré dans la pièce. C'étaient ceux que j'avais vus en train de calfater et leurs voix amicales ont commencé à distraire le Basque et Don Pancho de l'attention qu'ils me portaient.

– Et qu'est-ce que vous savez faire, petit ?

Ça, c'était l'autre Question. En réalité, je ne savais pas faire grand-chose.

– Je sais faire la cuisine. Enfin, un peu.

– Dites donc. Alors, comme ça, vous savez faire la cuisine.

Le Basque ne me croyait pas, et je priais pour qu'il ne me demande pas des détails sur la manière de préparer un plat quelconque. Don Pancho a nettoyé son os de mouton avec la pointe de son couteau et m'a posé la question salvatrice, à laquelle, cependant, j'ai eu du mal à répondre.

– Et pourquoi vous voulez embarquer sur un baleinier, petit ?

– Parce que... parce que... La vérité, c'est que j'ai lu un roman. *Moby Dick*. Vous le connaissez ?

– Moi non. Et j'ai idée que le Basque non plus. On fait pas beaucoup dans la lecture, par ici. Et de quoi il parle, ce roman ?

À Santiago, parmi mes amis, j'avais la réputation d'être un bon “raconteur” de films. Il était cinq heures de l'après-midi quand j'ai commencé à raconter, timidement d'abord, l'épopée du capitaine Achab. Les deux hommes m'écoutaient en silence, et pas seulement eux ; aux autres tables, les conversations s'étaient interrompues et, peu à peu, les clients se sont rapprochés de la nôtre. Je racontais et je luttais avec ma mémoire. Elle ne pouvait pas me trahir. Les hommes avaient compris que je me concentrais sur quelque chose qui les concernait et, sans faire de bruit, ils ont renouvelé plusieurs fois mon verre de chicha de pommes. J'ai parlé deux heures durant. Qu'Herman Melville me pardonne si cette version de son roman s'est trouvée agrémentée de quelques trouvailles de mon cru, mais, à la fin, tous les hommes montraient des visages pensifs et, après m'avoir donné des tapes sur les épaules, ils ont regagné leurs tables.

– Moby Dick. Dites donc, a soupiré le Basque.

Ils ont demandé l'addition. Ils ont payé. J'avais la certitude amère que mon aventure s'arrêtait là.

– Bon. Allons-y, a dit Don Pancho.

– Moi aussi ? Vous me prenez ?

– Bien sûr, petit. Faut profiter de la lumière pour vérifier le matériel. On appareille demain de bonne heure.

4

L'*Évangéliste* m'a paru un petit bateau et je n'ai pas compris comment on pouvait monter les baleines à bord. Pendant que le Basque et Don Pancho s'occupaient des harpons, de graisser le pivot du petit canon de proue, de vérifier le chargement de pommes de terre, de viande salée, de carburant et de sel, de réviser les poulies et les cordages qui soutenaient les deux canots de tribord et un troisième qui se trouvait à la poupe, j'en ai profité pour parcourir ses quinze mètres de longueur en apprenant l'importance de l'ordre pour les gens de mer.

Dans l'entrepont étaient rangés des barils et beaucoup d'engins qui m'étaient inconnus. Dans le gaillard d'avant, il y avait cinq couchettes et un tube pour communiquer avec le poste de commandement.

Cette nuit-là, j'ai dormi dans la cabane que partageaient le Basque et Don Pancho. Avant de nous coucher, ils m'ont expliqué qu'ils vivaient la plus grande partie de l'année à Porvenir avec leurs familles et que la cabane était leur domicile au port.

– Don Pancho. Raconte donc au petit où on va.

Don Pancho a déplié une carte marine sur la table et son doigt a commencé à naviguer.

– Pour l'instant, on est ici, à Puerto Nuevo, et on va appareiller en direction de l'ouest pour atteindre le passage Boqueron. Là, on entrera dans le détroit de Magellan et on fera route, cap au sud, jusqu'aux parages du cap Froward. Jusqu'à ce point, ça nous fait environ cent trente milles au calme. Quand on sera en vue du cap Froward, on laissera le détroit qui continue vers l'ouest nord-ouest. Nous, on poursuivra vers le sud et, en arrivant devant les côtes des îles Dawson et Aracena, on prendra l'embouchure nord du canal Cockburn. À trente milles au sud, face à la péninsule de Rolando, on obliquera vers l'ouest nord-ouest pendant quarante milles pour gagner la pleine mer devant l'île Furia. Ensuite, on tournera de nouveau en mettant le cap au sud-est pour contourner les îles Camden jusqu'à la baie Steward qui fait face aux îles Gilbert. Ça fait encore trente milles et, d'après la radio, on trouvera de la petite houle. Vingt milles plus loin à l'est, commence le canal Baleinier. Là, sur la côte nord de l'île Londonderry, on a notre poste. À quelques milles plus à l'est s'ouvre le canal Beagle et, dans la baie Cook, les baleines nous attendront.

Nous avons appareillé aux premières lueurs de l'aube. L'équipage de l'*Évangéliste* était composé, outre le Basque et Don Pancho, de deux marins de Chiloé peu loquaces et d'un Argentin qui faisait office d'électricien et de cuisinier. L'Argentin a refusé catégoriquement de m'admettre au milieu de ses casseroles, ce qui était pour moi un soulagement puisque je voulais être constamment sur le pont, mais, en même temps, je me sentais mal à l'aise de n'avoir rien à faire. Heureusement, Don Pancho m'a nommé "veille-radio", ma mission consistant à rester dans le poste de commandement, l'oreille collée à la radio, pour guetter le bulletin météo.

Les deux Chilotes étaient tout petits mais bâtis en force et, comme devait me l'expliquer le Basque, il n'y avait pas de meilleurs rameurs sur toutes les mers antarctiques.

Nous avons suivi la route décrite par Don Pancho. À la tombée de la nuit, nous sommes entrés dans le canal Cockburn, machines réduites au quart. Le Basque est resté toute la nuit à la barre et ne l'a laissée qu'au petit matin, quand nous avons débouché en pleine mer.

J'ai connu alors une autre découverte inoubliable. Devant les îles Camden, nous avons été rejoints par un groupe de dauphins qui faisaient des bonds prodigieux. Ils frôlaient presque le bateau, et les marins de Chiloé riaient, heureux comme des enfants. Le jeu s'est prolongé pendant des heures. Les dauphins répondaient aux cris et aux sifflements en sautant plus haut encore et ils ont escorté l'*Évangéliste* jusqu'à l'entrée de la baie Stewart.

Nous avons navigué pendant quelques heures dans les eaux calmes du canal Baleinier, et le Basque a donné l'ordre de stopper les machines devant l'une des criques de l'île Londonderry. Les Chilotes ont mis deux canots à la mer, les ont chargés des barils que j'avais vus dans l'entrepont, pour les transporter dans la construction de bois qui dominait la crique. C'était le poste, et on voyait tout autour des formes qui, à première vue, ressemblaient à des troncs pétrifiés.

Le Basque m'a invité à descendre à terre et j'ai découvert que ces troncs étaient les ossements de centaines de baleines qui avaient été dépecées sur la plage de galets et de coquillages.

– Ça vous impressionne, petit ? Sûr que cette partie-là n'est pas dans les romans. C'est la destination finale des baleines. On les harponne d'abord avec le canon pour être certains de les tenir, on les achève aux harpons à main, on les remorque jusqu'au poste, et les couteaux entrent en action. Tout ce qui peut servir est salé et va dans les barils. Ce qui reste, c'est pour les mouettes et les cormorans. Vous voulez parcourir l'île ? Allez-y, mais pas trop loin. Un peu plus au sud, vous trouverez des colonies de phoques et d'éléphants de mer.

Je n'ai pas eu à marcher beaucoup pour arriver aux animaux. Plusieurs centaines de phoques, d'éléphants de mer, de pingouins et de cormorans occupaient la forteresse de rochers qui bordait la mer. Dès qu'ils m'ont senti, ils ont levé la tête, et les moustaches des phoques s'agitaient comme s'ils essayaient de déchiffrer mes intentions.

J'ai senti qu'ils m'observaient attentivement de leurs petits yeux noirs, mais ils ont finalement décidé que j'étais inoffensif et ont repris leur éternelle activité de vigies de l'horizon.

Une heure plus tard, nous avons quitté le poste et l'*Évangéliste* a tourné sa proue vers l'est, en direction de l'entrée du canal Beagle. Nous avions à tribord l'île O'Brian et à bâbord l'île Londonderry. Après les deux premiers milles, le passage s'est rétréci comme un entonnoir et le Basque manœuvrait la barre à petits coups délicats, en se dressant de toute sa taille pour ne pas perdre un millimètre de cet horizon réduit. La navigation est demeurée tendue jusqu'au moment où il a laissé échapper un soupir de soulagement en apercevant la côte de l'île Darwin. L'*Évangéliste* avait mis quatre heures pour faire sept milles de cauchemar. Don Pancho a pris la barre et mis le cap au sud. Nous approchions de la baie Cook et des baleines.

Don Pancho m'a expliqué qu'à trente petits milles au sud, face aux îles Christmas, les baleines Pilote avaient l'habitude de s'accoupler, mais que ces eaux étaient très dangereuses à cause des courants et de la traîtrise des blocs de glace. Il m'a parlé de bateaux malchanceux qui avaient été happés par les courants et avaient épuisé leur carburant en essayant d'en sortir. Ils avaient alors dérivé et été entraînés vers le sud-est, vers les îles Henderson et le faux cap Horn où ils avaient fini déchiquetés sur les récifs.

– On a beau être en été, c'est impossible de nager dans ces eaux-là. Le corps humain ne tient pas plus de cinq minutes au choc du refroidissement, a conclu Don Pancho.

Les eaux de la baie Cook étaient paisibles. Une brume légère montait de la surface et brouillait les contours des îles. L'embarcation ne se balançait presque pas et, sur un ordre du Basque, l'un des Chilotes a grimpé au mât. Il s'est attaché par la taille à sept mètres au-dessus du pont et nous n'avons pas eu beaucoup à attendre pour entendre son avertissement :

– Baleine à tribord ! À un quart de mille !

Don Pancho a couru au petit canon de proue et enfilé le harpon dans l'embouchure. Ensuite, il a coupé les amarres qui assuraient le rouleau de corde dont l'un des bouts était noué à l'anneau du harpon et l'autre à la base du canon, et il s'est planté, jambes bien écartées, en attendant le moment de tirer.

Je me suis approché du Basque qui scrutait la mer avec des mouvements félins.

– La voilà, petit ! C'est une Chaudron !

La première chose que j'aie vue a été le nuage d'eau pulvérisée de son souffle, et ensuite la queue monumentale de l'animal qui plongeait.

– Don Pancho ? Vous l'avez dans l'œil ?

Don Pancho a levé la main en signe d'assentiment. Plusieurs minutes ont passé et la baleine a émergé tout près de nous. Elle s'est montrée tout entière. Elle faisait bien huit mètres et, en la voyant, le Basque a donné un coup de poing sur la barre.

– Pas de chance. C'est une femelle. Et grosse, avec ça.

À la proue, Don Pancho désarmait le canon et, après avoir arrimé de nouveau le rouleau de corde, il nous a rejoints dans le poste.

Je ne comprenais pas comment ils avaient pu voir le sexe du cétacé et deviner qu'elle attendait un petit.

– Ça se voit à la manière de faire surface : lentement et le corps presque à l'horizontale, a expliqué le Basque.

– Et on ne chasse pas les femelles ?

– Non ; c'est interdit. Personne ne tue la poule aux œufs d'or, a dit Don Pancho.

Ce jour-là, nous n'avons plus vu de baleines dans la baie Cook.

À la tombée de la nuit, l'*Évangéliste* a jeté l'ancre dans un golfe de la péninsule de Cloue, et l'Argentin a fait rôtir un mouton sur le grill installé à l'arrière. Les cormorans et les mouettes amerrissaient tout près du bateau pour recevoir les restes plus que généreux.

Nous n'avons pas vu davantage de baleines durant les trois journées suivantes. Le Basque donnait des signes de mauvaise humeur à l'heure de vérifier le niveau de carburant, mais il devait maintenir les machines constamment en marche. Le quatrième jour, du haut du mât, un Chilote a annoncé une baleine.

Cette fois, le Basque a fait une prise : un cachalot.

Don Pancho l'a harponné et l'animal a rapidement emporté les cent mètres de corde. Arrivé au bout du rouleau, le coup d'arrêt de la bête en fuite a provoqué un choc qui a fait trembler le bateau. Cela s'est répété plusieurs fois. Le cachalot tentait de fuir en essayant différentes directions et les chocs se sont affaiblis. Alors, exténué, il est venu à la surface et les Chilotes ont mis un canot à la mer. Ils ne m'ont pas permis d'aller avec eux, mais j'ai pu suivre tous les préparatifs en me penchant par-dessus la rambarde.

Les Chilotes ont pris les rames courtes mais à pales larges, et le Basque s'est amarré les chevilles à un anneau fixé à poste sur l'avant du canot. Je les ai vus ramer rapidement en direction de l'animal. Le Basque debout tenait dans ses mains le harpon à tuer. Ils ont ramé pour venir se ranger le long de la bête et, à ce moment-là, le Basque a planté le harpon dans la peau sombre.

Le cachalot a commencé à donner de violentes secousses. Du plat de la queue, il fouettait l'eau de coups furieux qui, s'ils avaient été bien ajustés, auraient mis le canot en morceaux, tandis que les Chilotes montraient leur habileté de rameurs en esquivant chaque coup sans s'éloigner et que le Basque brandissait un second harpon dont il n'a pas eu à faire usage. Il m'a dit plus tard qu'il l'avait touché juste au poumon.

Nous avons repris la route du poste en remorquant le corps du cachalot. Don Pancho a fait observer que les bruits des machines ne lui disaient rien qui vaille et que, de plus, le bulletin météo n'était pas des plus optimistes. Nous avons refait le parcours dangereux entre les îles O'Brian et Londonderry et, au coucher du soleil, nous avons mouillé devant le poste.

Le lendemain matin, deux canots ont remorqué l'animal jusqu'à la plage et là les Chilotes l'ont ouvert avec des couteaux semblables à des cravaches de jockey. Le sang inondait les galets et les coquillages en formant des ruisseaux sombres qui rougissaient l'eau. Les cinq hommes avaient mis des cirés noirs et ils étaient ensanglantés des pieds à la tête. Les mouettes, les cormorans et autres oiseaux de mer volaient au-dessus, rendus fous par l'odeur du sang, et plus d'un payait son audace d'un coup de couteau qui le fendait en deux en plein vol.

Le dépeçage a été mené rondement. Une partie du cachalot a fini salée et mise en barils, mais le gros de l'animal est resté sur la plage, des restes de chair adhérant aux os qui allaient bientôt se fondre dans le paysage fantomatique de l'île Londonderry.

Les machines de l'*Évangéliste* étaient vraiment abîmées. Le retour à Puerto Nuevo a pris trois jours, et nous avons fait le trajet sous une pluie qui ne s'est arrêtée qu'à notre entrée dans les eaux de la baie Inutile.

Que faire ? Rester encore un peu avec le Basque et Don Pancho ?

Nous avons accosté. Nous avons déchargé les barils et tout un attirail. Puis, après avoir dit adieu à l'Argentin et aux Chilotes, nous sommes allés manger à la pension fuégienne. Mouton rôti et chicha de pomme.

– Pas de chance, petit, a dit le Basque.

– Un cachalot. Ça paye à peine les frais, s'est plaint Don Pancho.

– Et vous, petit : qu'est-ce que vous en pensez ?

– Je ne sais pas, Don Antonio.

– Dites donc. Le voyage vous a plu ?

– Oui, le voyage, le bateau m'ont plu. Et vous, et les Chilotes, et l'Argentin, vous me plaisez aussi. Et la mer me plaît. Mais je crois que je ne serai pas baleinier. Excusez-moi si je vous déçois, mais c'est la vérité.

– Dites donc. C'est pas comme dans le roman ?

Je voulais ajouter quelque chose, mais le Basque m'a pris par le bras et son regard était plein de tendresse.

– Vous savez, mon petit ami, ça me fait plaisir que la chasse ne vous ait pas plu. Il y a de moins en moins de baleines. On est peut-être les derniers baleiniers, dans ces eaux, et c'est bien comme ça. L'heure est venue de les laisser en paix. Mon arrière-grand-père, mon grand-père, mon père, tous ils ont été baleiniers. Si j'avais un fils comme vous, je lui conseillerais de prendre un autre cap.

Le lendemain matin, ils m'ont accompagné sur la route et m'ont fait monter dans le camion d'une connaissance qui allait à Porvenir.

Je les ai embrassés affectueusement, désespéré à l'idée que je ne les reverrais peut-être jamais.

Le monde du bout du monde.

Une main douce me touche et je découvre que je suis toujours à Hambourg ; c'est une employée de la compagnie aérienne qui me demande aimablement ma carte d'embarquement.

II

1

La seule escale européenne, Londres, dura environ trois quarts d'heure, puis l'avion atteignit son altitude de croisière pour survoler l'Atlantique. Il était six heures trente du matin et nous étions le 20 juin 1988. Le ciel était dégagé et le soleil que nous allions suivre dans sa course obligeait à baisser les rideaux.

J'ai déjà indiqué que ce voyage avait été prévu bien des fois et qu'il s'était toujours trouvé des motifs pour le reporter. Pourtant, je me trouvais à bord d'un avion qui m'emmenait au Chili, après une décision que j'avais prise d'une façon passablement précipitée.

Jambes allongées et siège incliné, je me disposai à reconstituer les raisons qui m'avaient fait dire "J'y vais", à peine quatre jours plus tôt.

Tout avait commencé le 16 juin un peu avant midi. Je me trouvais avec mes trois associés dans notre bureau. Mais avant de poursuivre, il faut d'abord que je dise qui sont mes associés et ce qu'est le bureau.

Mes associés sont une Hollandaise et deux Allemands, journalistes *free lance* comme moi, qui, un jour, en ont eu assez d'écrire pour la presse "sérieuse", laquelle ne s'intéresse aux événements du monde que lorsque ceux-ci prennent un caractère de scandale. Nous avons eu la chance de nous rencontrer, de discuter et de découvrir que nous partagions la même lassitude et beaucoup de points de vue semblables. De notre discussion est née l'idée de créer une agence d'information alternative, axée fondamentalement sur les problèmes qui portent préjudice à l'environnement écologique, et de répondre aux mensonges employés par les nations riches pour justifier le pillage des pays pauvres. Pillage non seulement des matières premières, mais de l'avenir. Ce dernier point est peut-être difficile à comprendre, et pourtant : quand une nation riche installe une décharge chimique ou nucléaire dans un pays pauvre, elle pille l'avenir de ce conglomérat humain, car si les déchets sont comme elle le prétend "inoffensifs", pourquoi n'installe-t-elle pas ses décharges sur son propre territoire ?

Le bureau est une pièce de soixante-dix mètres carrés que nous avons louée dans ce qui a été jadis une fabrique de clous. Nous y avons quatre tables, un ordinateur d'occasion connecté à une banque de données sur l'environnement, et un télécopieur qui nous relie à d'autres agences alternatives en Hollande, en Espagne et en France, et à diverses organisations écologistes telles que Greenpeace, Comunidad ou Robin Wood.

L'ordinateur est parfois un cinquième associé et nous l'avons surnommé "Bromure", en hommage à l'informateur du détective Pepe Carvalho.

Ce matin-là, nous analysions une information concernant un plan du ministère de l'Industrie britannique destiné à justifier et à poursuivre l'incinération de résidus toxiques face au golfe de Biscaye.

Soudain, le télécopieur s'est mis à cracher un message en provenance du Chili, et c'est ainsi que mon voyage a commencé.

2

Puerto Montt. 15 juin 1988. 17 h 45. Le bateau-usine Nishin Maru *battant pavillon japonais vient d'arriver dans ce port austral avec l'aide de remorqueurs de la marine chilienne. Le capitaine Toshiro Tanifuji a déclaré la perte de dix-huit hommes d'équipage dans les eaux de Magellan.*

Des hommes dont le nombre n'a pas été précisé sont soignés à l'hôpital de la marine.

Les autorités chiliennes ont décrété la censure sur toute information touchant cette affaire. Alerter d'urgence les organisations écologistes. Fin.

Le message était signé Sarita Díaz, une jeune Chilienne qui, de passage à Hambourg, avait eu connaissance de notre travail et s'était proposée comme correspondante dans la région. Et précisons encore que c'est notre seule correspondante dans le monde entier.

La première chose que nous avons faite a été de livrer à l'ordinateur les noms du bateau et du capitaine japonais. Bromure a cligné de son œil de cyclope et s'est excusé en indiquant que ces informations lui étaient inconnues.

L'étape suivante a été de brancher Bromure sur la banque de données de Greenpeace. Quelques minutes plus tard nous est arrivée une réponse mystérieuse :

Nishin Maru : *baleinier construit par les chantiers de Brême en 1974.*

Immatriculé a Yokohama.

Déplacement : 23 000 tonnes.

Longueur : 86 mètres.

Largeur : 28 mètres.

Ponts : 4.

Équipage : 117 personnes, comprenant officiers, médecin, matelots, harponneurs et personnel usine.

Capitaine : Toshiro Tanifuji (s'est surnommé lui-même "le Déprédateur du Pacifique Sud").

Destination : selon informations de Greenpeace-Tokyo, navigue depuis début mai dans les parages de l'île Maurice.

Fin de l'information.

Bromure avalait et digérait rapidement les données. L'un de nous a dit quelque chose à propos de bateaux fantômes, mais il n'a pu continuer à cause du téléphone. C'était Arianne, la porte-parole de Greenpeace.

– Salut ! Je viens d'arriver au bureau et j'ai appris ce qui se passe au Chili. Nous devons en parler immédiatement. Mon Dieu, je crois que nous sommes sur une grosse, très grosse affaire. Tu viens ?

Le siège de Greenpeace n'est pas loin de notre bureau. Quelques blocs, en suivant à pied la rive de l'Elbe, et on y est. Arianne m'a reçu avec un pot de café et au bord de la crise de nerfs.

– Il y est arrivé. Mon Dieu. Je ne sais pas comment, mais il l'a fait. C'est terrible. Terrible.

– Du calme, Arianne. Qui a fait quoi ? Et qu'est-ce qui est si terrible ? On peut reprendre dans l'ordre ?

– Excuse-moi. C'est qu'il s'agit de quelque chose d'incroyable. Je vais essayer de te dire ça calmement, point par point, comme si je te racontais un film. D'abord, je vais te lire une information que nous gardons secrète, le temps de planifier des actions de dénonciation. Écoute : *"Santiago, 2 mai 1988. Le gouvernement chilien a délivré une licence annuelle pour la chasse de cinquante baleines bleues, à des fins scientifiques. Le nom du bénéficiaire est tenu secret par les autorités chiliennes."* Qu'est-ce que tu en dis ?

– Les Japonais. On voyait venir un coup de ce genre. Ils ont couvert les généraux chiliens de cadeaux. Il est évident qu'ils en attendent une rétribution.

– D'accord. Je continue : quand nous avons appris cette histoire de licence pour tuer des baleines bleues, ce qui est une violation du moratoire imposé en 1986 par la Commission internationale pour la Chasse à la Baleine, nous avons commencé à réunir des éléments dans la perspective d'actions de dénonciation. Les détails du permis accordé par les Chiliens ne sont pas encore connus ; on ignore à qui il a été donné et quand il entre en vigueur. Pendant que nous nous renseignions, nous avons reçu une information qui nous assurait un répit. Je t'ai préparé un dossier avec un rapport du spécialiste de biologie marine canadien Farley Mowat, un de ceux qui en savent le plus sur les baleines. Dans son rapport, il dit qu'un déplacement de baleines bleues vers le nord-ouest du cercle polaire antarctique est pratiquement impossible pour le moment. Les prévisions météorologiques prévoient une arrivée précoce de l'hiver dans l'Antarctique. À la mi-juin, la mer de Weddel sera impénétrable, même pour les brise-glace, et seuls quelques animaux retardataires ou malades peuvent se risquer au-delà des îles Shetland. Ce qui ressort du rapport de Mowat, c'est qu'il n'y aura pas de baleines bleues dans les eaux sous juridiction chilienne avant le mois d'octobre prochain. Quand nous avons su ça, nous avons été rassurés, puisque ça nous donnait du temps pour mieux préparer nos actions, mais maintenant tu vas comprendre le pourquoi de ma nervosité : le 26 mai, nous avons reçu du Chili un mystérieux appel téléphonique. Un homme qui s'exprimait dans un anglais de marin, tu vois ce que je veux dire, bref et précis, nous a informé, à notre grande surprise, que le *Nishin Maru* se trouvait dans le golfe de Corcovado, à cent cinquante milles au sud de Puerto Montt, avec son équipage au complet. Tu sais aussi que le *Nishin Maru* est l'une de nos vieilles connaissances…

3

Greenpeace et le *Nishin Maru* se sont rencontrés en décembre 1987 et, entre eux, ce ne fut pas précisément une histoire d'amour.

Cette année-là, lors de la réunion de la Commission internationale pour la chasse à la baleine, les Japonais avaient profité d'étranges "absences" à l'heure du vote et ils avaient obtenu par surprise l'autorisation de tuer trois cents baleines naines "à des fins scientifiques" dans les eaux antarctiques.

La législation internationale n'autorise à tuer que deux baleines de cette espèce par an, et pour des motifs scientifiques prouvés. Mais, depuis le moratoire de 1986, aucun consortium baleinier n'a pu démontrer l'intérêt scientifique de tuer ces baleines ni les résultats que l'on peut en attendre.

Dès que l'autorisation frauduleuse avait été obtenue, l'équipage du *Nishin Maru* avait mis le cap sur l'Antarctique et tout semblait indiquer que rien ni personne ne pourrait empêcher l'extermination d'animaux reconnus en danger d'extinction.

Pour le plus grand bien de tous, cela se révéla inexact car à peine le capitaine Toshiro Tanifuji avait-il donné l'ordre de lever l'ancre que déjà les fourmis du mouvement écologiste commençaient à se mobiliser : et c'est ainsi que le matin du 21 décembre 1987 vit quatre Zodiacs rapides, battant pavillon aux couleurs de l'arc-en-ciel, l'empêcher de quitter le quai Mitsubishi dans le port de Yokohama avec une baleine gonflable grandeur nature.

Le capitaine Tanifuji pensa qu'il lui serait facile d'enfoncer le cétacé en caoutchouc et de poursuivre sa route, mais les Zodiacs entouraient le bateau de leurs mouvements rapides de guêpes aquatiques en empêchant les manœuvres d'appareillage et toute tentative de déplacement, sous peine pour le marin nippon de passer sur le corps des hommes qui étaient à leur bord.

Il s'agissait de gagner du temps. Tandis qu'à Yokohama les Zodiacs harcelaient le colosse nippon, dans les capitales européennes les militants de Greenpeace parvenaient à être reçus par leurs gouvernants et obtenaient la révision du permis accordé.

L'action dura presque trente-six heures. Les Zodiacs se relayaient pour refaire le plein et leurs équipages buvaient en hâte un grog. Le 22 décembre à trois heures de l'après-midi la bataille pacifique était gagnée : la Commission internationale pour la chasse à la baleine annulait le permis et recommandait au Japon de respecter le moratoire de 1986.

Un bon ami néo-zélandais, Bruce Adams, qui se trouvait là m'a raconté comment, les mains paralysées par le froid, il avait fait filer son Zodiac jusque sous le bordage tribord du *Nishin Maru* et demandé à parler au capitaine.

Tohiro Tanifuji apparut.

– Vous avez perdu la bataille, capitaine. Nous voulons vous dire que nous dénoncerons toute tentative d'appareillage pour l'Antarctique comme une violation des lois internationales sur la protection des mers.

Tanufuji répondit, mégaphone en main :

– Vous avez commis un acte illégal. Empêcher une manœuvre navale autorisée est un acte de quasi-piraterie. Je pouvais passer sur vos canots. J'étais dans mon droit. Ce drapeau que vous arborez ne vous protège pas. J'aime bien voir l'arc-en-ciel, mais en l'air. Je vous préviens : la prochaine fois je n'hésiterai pas.

– Nous espérons bien qu'il n'y aura pas de prochaine fois. Et s'il y en a une, nous serons encore là. La chasse à la baleine est illégale.

– Vous pouvez être sûrs qu'il y en aura une. Je ferai tout ce qui est en mon pouvoir pour démontrer que la chasse à la baleine est possible et licite. Vous et moi nous avons quelque chose en commun : nous sommes des rêveurs, et mon rêve est de recommencer la chasse commerciale à la baleine sur une grande échelle.

– Nous sommes différents. Notre rêve est : mers libres où toutes les espèces puissent vivre et se multiplier en paix et en harmonie avec les nécessités des hommes.

Tanifuji fit un signe et, du pont du *Nishin Maru*, une cataracte d'ordures s'abattit sur le Zodiac.

Oui, Greenpeace et le *Nishin Maru* étaient de vieilles connaissances.

4

… et ce correspondant est certainement un individu énergique, a poursuivi Arianne. Quand je lui ai dit que selon nos informations le *Nishin Maru* se trouvait très loin des côtes chiliennes, il m'a répondu que ce n'était qu'un nuage de fumée pour brouiller la piste. Finalement j'ai voulu le calmer en lui citant le rapport de Mowat, mais il m'a interrompue : "Moi aussi je connais les baleines. Tanifuji ne pense pas à des baleines bleues et il n'a pas davantage l'intention d'appareiller pour le cercle polaire antarctique. Ce qu'il cherche, ce sont les baleines Pilote, ou Chaudron, ou je ne sais pas le foutu nom que vous leur donnez en Europe."

Arianne m'a fourni de nouveaux aliments pour Bromure :

Baleine Pilote, Globicephala Melanea, *connue également sous le nom de Chaudron, Schwarzwak Pothead, Blackfish, Calderón. Mesurent entre quatre et sept mètres. Ont des dents, de sept a douze paires sur chaque maxillaire. Les mâles sont plus grands que les femelles. Animaux à corps robuste, à tête petite et arrondie. La gestation est de quinze a seize mois. À la naissance, les petits dépassent un mètre et demi. L'allaitement dure vingt mois. Elles se nourrissent essentiellement de calmars. Elles sont au bord de l'extinction dans les eaux de l'Atlantique nord, conséquence de la chasse pratiquée sans discrimination par les Russes, les Norvégiens et les Islandais. Entre 1975 et 1977 on a observé l'exode d'individus en direction de l'hémisphère Sud. Quelques centaines se réfugient dans les eaux du Pacifique sud, au nord du détroit de Magellan. Ce sont des animaux amicaux et confiants. On a détecté chez eux un code de communication de plus de soixante-dix signaux. Le mode de survie des individus émigrés a gagné par contagion ceux du sud, et on observe ainsi qu'ils ont abandonné l'habitat traditionnel en pleine mer pour se concentrer dans des baies, canaux et entrées de fjords. La Commission internationale pour la chasse à la baleine interdit définitivement leur chasse et a déclaré la* Globicephala Melanea *en danger imminent d'extinction.*

Arianne a resservi du café et continué :

– Je lui ai demandé s'il disposait d'éléments pour prouver ses assertions. Il m'a répondu : “Je suis un homme de mer et je sens la pourriture à cent milles à la ronde. Vous aller m'aider, oui ou non ?” Je n'ai pas su quoi dire. C'est tout juste si j'ai pensé à lui demander de garder le contact avec nous. Nous ne sommes pas en mesure d'opérer dans ces régions. Tu le sais bien, notre flotte est très petite.

Une fois de plus, Arianne avait raison.

L'organisation écologiste préparait le *Gondwana*, un bateau destiné à une expédition dans l'Antarctique afin de visiter les bases installées par différentes nations sur le continent blanc et de dialoguer avec leurs membres sur la nécessité de préserver l'Antarctique comme un grand parc naturel appartenant au patrimoine universel, au lieu d'en faire la poubelle nucléaire et chimique que projettent déjà certains pays saturés de poison. Mais le *Gondwana* ne serait pas en état d'appareiller avant la fin août.

Le *Moby Dick* se trouvait également en réparation et ne quitterait la cale sèche de Brême que pour prendre la direction de l'Atlantique nord afin d'empêcher la chasse aux baleines pratiquée par les Norvégiens, Suédois, Danois, Islandais, Américains du Nord et Russes avec des navires camouflés sous des pavillons de pays pauvres afin de violer plus impunément les lois internationales.

Le *Sirus* naviguait en Méditerranée pour freiner les rejets toxiques dans ses eaux plus que saturées, et éviter que cette mer, mère de toutes les cultures, ne finisse comme le grand égout de la planète.

Le *Greenpeace* opérait devant les côtes atlantiques des États-Unis pour tenter d'imposer l'idée d'une zone libérée d'armements et de transports nucléaires, et le *Béluga*, l'infatigable nain fluvial, parcourait les veines du vieux continent en empêchant de nouveaux déversements chimiques dans les fleuves, ce qui était encore, en fin de compte, défendre la vie des mers.

Quant au vieux *Rainbow Warrior*, le navire amiral de la flotte arc-en-ciel, il n'était plus là.

Le 10 juin 1985, quinze minutes avant minuit dans le port d'Auckland en Nouvelle-Zélande, deux bombes de forte puissance posées sur sa coque par les nageurs sous-marins des services secrets français y avaient ouvert des voies d'eau mortelles. Et ces bombes avaient assassiné l'écologiste portugais Fernando Pereira qui se trouvait à bord.

Le vieux *Rainbow Warrior* avait livré bien des batailles pacifiques dans les mers du sud, mettant à nu l'irrationalité des essais nucléaires français sur l'atoll de Mururoa, et il avait succombé, victime d'un odieux acte de terrorisme approuvé par le gouvernement français.

Rien n'est plus beau qu'un voilier qui fend les mers en silence, et c'est dans ce même silence qu'en décembre 1985 des amis venus du monde entier avaient remorqué le *Rainbow Warrior* endormi jusqu'à la baie de Matauri, au large de la côte néo-zélandaise : là, au cours d'une cérémonie maorie, ils l'avaient laissé s'enfoncer vers les profondeurs marines, vers le havre abyssal dont il avait besoin pour s'unir à la vie pour laquelle il avait lutté.

"Si vous ne pouvez pas m'aider, alors je devrai agir seul." Ce sont ses dernières paroles, a conclu Arianne.

– Une espèce de vengeur des mers. Qu'est-ce que tu sais encore de lui ?

– J'oubliais : il s'appelle Jorge Nilssen et il a aussi parlé d'un bateau, le *Finisterre*. Il l'a mentionné en disant qu'il le mettait à notre service. Qu'est-ce qu'on peut faire ?

– Attendre, Arianne. Je ne vois rien d'autre.

– Quelque chose me dit que tout cela est vrai. Mon Dieu. Dix-huit hommes disparus. Il y a un mystère affreux derrière cette histoire.

Arianne continuait à avoir raison. Le peu que nous savions puait, mais il en est toujours ainsi des faits intéressants.

5

J'ai quitté le siège de Greenpeace avec une inquiétude que je n'arrivais pas à m'expliquer et j'ai décidé de marcher un peu sur le port avant de rentrer au bureau.

Jorge Nilssen. *Finisterre.* Beau nom pour un navire aventurier. Mes pieds marchaient dans Hambourg mais mes pensées m'emportaient dans les froides eaux australes. Je me suis vu dans les vagues furieuses, ballotté par la mer dans un de ses jours de plus mauvaise humeur, et, à l'horizon que masquait par intermittence la crête des lames, j'ai aperçu un homme du nom de Jorge Nilssen qui affrontait seul l'énorme bateau japonais. J'ai voulu crier, l'avertir que le bateau allait l'écraser, mais l'homme s'est retourné et il m'a parlé avec les mots de Lautréamont que j'ai toujours voulu lire ou mettre dans la bouche d'un corsaire :

“Dis-moi donc si tu es la demeure du prince des ténèbres. Dis-le moi… dis-le moi, océan (à moi seul, pour ne pas attrister ceux qui n'ont encore rien connu que les illusions) et si le souffle de Satan crée les tempêtes qui soulèvent tes eaux salées jusqu'aux nuages. Il faut que tu me le dises, parce que je me réjouirais de savoir l'enfer si près de l'homme.”

Je suis rentré au bureau et, après un bref échange d'opinions, nous avons décidé que je prenais la responsabilité de l'affaire.

J'étais ennuyé de posséder si peu d'informations, et le câble que nous avons reçu à huit heures du soir n'a fait qu'accroître mon embarras.

Tokyo, 16 juin 1988. Bateau usine Nishin Maru *fait route vers port de Tamatave à Madagascar. Information obtenue à la capitainerie du port de Yokohama. Greenpeace-Tokyo. Fin.*

Foutu bateau fantôme qui pouvait être en deux endroits en même temps. Bromure a avalé cette nouvelle information, puis son œil est devenu blanc, comme pour dire : "Et qu'est-ce que tu veux que je fasse avec ça ?"

À minuit, le café a commencé à me donner la nausée et j'ai ouvert une fenêtre du bureau. L'air était frais et, devant moi, coulaient les eaux sales de l'Elbe. Soudain, de l'autre côté du fleuve, dans le bassin des ferrailleurs, des projecteurs se sont allumés et un remorqueur s'est approché, traînant un navire délabré destiné à être livré immédiatement à la casse. J'ai pris les jumelles et j'ai suivi le bateau dans son dernier voyage. On pouvait encore lire son nom sur la poupe : *Lazaro.* Un peu plus bas, des lettres à demi effacées par la corrosion indiquaient son ultime port d'attache : Santos.

Les bateaux qui vont à la casse sont toujours une vision douloureuse. Ils ressemblent à des animaux gigantesques et blessés sur le chemin du cimetière. Quelques lambeaux du drapeau brésilien pendaient encore à l'arrière du *Lazaro* et j'ai supposé que l'histoire de ce navire en ruine était semblable à beaucoup d'autres que l'on peut entendre à Hambourg.

Lorsque les années et la mer ont réduit les navires à l'etat de vrais rebuts flottants, les armateurs les retirent des lignes régulières et les vendent en général à des capitaines âgés qui refusent de vivre à terre. Alors ils cessent d'être le cargo Chose ou le céréalier Machin et deviennent des Tramp Steamers, des vagabonds des ports qui naviguent sous les pavillons les plus pauvres avec des équipages réduits et obtiennent des contrats à bas prix pour transporter des cargaisons sans poser de questions sur leur nature ni se soucier de leur destination.

Le *Lazaro* était sans doute un Tramp Steamer qui n'avait pas résisté à la dernière inspection technique à Hambourg, et à qui l'on n'avait pas permis de descendre l'Elbe pour gagner l'estuaire de Cuxhaven à cause du risque qu'il constituait pour la navigation. Son capitaine avait dû se trouver face à ce dilemme : ou bien payer les prix élevés d'une réparation impossible, ou bien l'envoyer à la casse.

Le sort du *Lazaro* m'a troublé. J'ai senti qu'une faible lueur s'allumait dans ma tête et je me suis précipité sur notre carnet d'adresses. J'ai cherché le numéro de téléphone de Charly Cuevas, un Portoricain revenu, lui aussi, de la presse sérieuse.

– Charly ? Pardonne-moi de t'appeler à cette heure, mais je voudrais te consulter.

– Vas-y. Je viens juste d'ouvrir mon cabinet de consultation.

– J'ai lu récemment un article de toi sur les ferrailleurs de Timor. "Les vautours d'Ocussi", je crois que c'est son titre, et tu y parles des ferrailleurs les plus mal payés de la planète. As-tu d'autres détails, d'autres faits, n'importe quoi ?

– Je suis heureux de constater que j'ai des lecteurs fidèles. Mais qu'est-ce que tu veux exactement, bon Dieu ?

– Je ne sais pas. Mais j'ai un pressentiment qui m'empêche de dormir. Est-ce que tu as par hasard des informations sur les bateaux qui ont été envoyés à la casse ces dernières années ?

– J'ai une liste énorme. Donne-moi le nom et le pavillon.

– *Nishin Maru* Japon.

Charly m'a demandé de patienter. Je l'ai entendu pianoter sur son ordinateur et il est revenu très vite au téléphone.

– En effet. Je l'ai. *Nishin Maru*, bateau-usine pour la chasse et le traitement industriel des baleines. Construit à Brème en 1974. Immatriculé à Yokohama. À l'heure qu'il est, il doit être réduit à l'état de cafetières ou de grille-pain, car il a été démoli en janvier dernier.

– Tu en es sûr ?

– En ce bas-monde, personne ne peut être sur de rien. Les données que je possède, je les ai volées dans les bureaux de la compagnie de ferraillage, la Timor Métal Corporation. Ça fonctionne de la manière suivante : les compagnies de navigation disent qu'elles ont des rafiots qui ne peuvent plus flotter, demandent leur inscription à Ocussi, y conduisent le bateau et les... comment appelle-t-on les habitants de Timor ? Les Timorés ? Ça n'a pas d'importance. Ces gens-là, donc, les dépècent en un temps record, et la compagnie reçoit un certificat de décès ainsi que cinquante pour cent de la valeur du métal.

– Attends un peu. Est-ce qu'il existe un mécanisme quelconque pour vérifier que le bateau envoyé à la casse est bien celui qui a navigué sous un nom et un pavillon déterminés ?

– Tu es le roi des naïfs, ou quoi ? Si une compagnie de navigation envoie un rafiot à Timor en leur disant qu'il s'agit du *Titanic*, elle recevra en échange un document détaillé indiquant la quantité de métal récupérable fournie par le *Titanic*. C'est un pays si pauvre qu'il ne peut même pas se payer le luxe d'avoir des doutes.

– Charly : cette Timor Métal, elle appartient à qui ?

– Un moment. Laisse-moi regarder. Je l'ai ici. L'actionnaire principal est un consortium japonais dont l'activité est axée sur les produits de la mer.

Cette fois, ça puait vraiment.

Les Japonais avaient découvert une méthode pour chasser illégalement la baleine. Le *Nishin Maru* faisait tranquillement route vers Madagascar, mais celui-là c'était le *Nishin Maru II.* L'autre navire, camouflé par le certificat de destruction délivré par les autorités de Timor, pouvait naviguer dans les mers australes avec l'impunité d'un vaisseau fantôme.

J'ai voulu appeler immédiatement Arianne, mais la télépathie avait dû fonctionner car, juste à ce moment, le téléphone a sonné.

– Quelle chance que tu sois encore là. Le vengeur des mers vient d'appeler, et il va rappeler. Viens.

6

Arianne m'a reçu avec un pot de café qu'elle a discrètement mis de côté quand elle a vu ma tête, et un magnétophone.

– J'ai branché l'appareil sur le téléphone. Comme ça, tu pourras écouter la conversation exacte et en tirer tes propres conclusions, a-t-elle dit en ouvrant une bouteille d'eau minérale.

J'ai mis la bande magnétique en marche, la conversation était en anglais et, machinalement, mû par un vieux tic professionnel, je l'ai notée.

Nilssen : – Allô ! Greenpeace ? Ici Jorge Nilssen, j'appelle du Chili.

Arianne : – Je vous entends. Qu'est-ce qui s'est passé ? Nous sommes au courant des dix-huit marins disparus.

Nilssen : – Je vois que les nouvelles vont vite. Comment vous l'avez su ? Bon, c'est sans importance. Oui, dix-huit membres de l'équipage sont portés disparus et le *Nishin Maru* a failli couler.

Arianne : – C'est terrible. Quelle que soit la façon dont vous vous y êtes pris, sachez que ces méthodes-là ne sont pas les nôtres. Nous condamnons toute forme de violence. Vous ne pensez pas aux conséquences que cela peut avoir pour nous, si on fait le lien entre nous et ce qui s'est passé ?

Nilssen : – Croyez-moi, je suis le premier à regretter le sort de l'équipage. Ce sont des hommes de mer comme moi, mais je n'ai rien pu faire pour l'empêcher. S'il y a un responsable de la tragédie, c'est le capitaine Tanifuji. Ne vous inquiétez pas. Personne ne saura jamais ce qui s'est passé. Les Japonais fermeront la bouche des survivants avec quelques milliers de dollars et si quelqu'un, plus tard, se décide tout d'un coup à parler, on le prendra pour un fou.

Arianne : – Dites-moi ce qui est arrivé au *Nishin Maru.*

Nilssen : – Vous ne me croiriez pas. Vous me prendriez moi aussi pour un dingue. Ce qui s'est passé, on peut le voir, pas pour longtemps, juste ce que dureront les vestiges de la tragédie. Les mots ne suffisent pas pour le raconter. Venez, vous ou un de vos collègues. Je vous montrerai volontiers mes mers.

Arianne : – Monsieur Nilssen : nous voulons savoir ce qui s'est passé. Avez-vous un autre moyen de communiquer avec nous ? Préférez-vous le faire avec un journaliste de langue espagnole qui est au courant de l'affaire ?

Nilssen : – Je ne pourrai rien lui dire de plus. Mais c'est d'accord. Je rappellerai dans trois heures. À tout à l'heure.

L'enregistrement était terminé. La voix de Nilssen ne permettait pas de lui donner un âge, mais son ton était à la fois assuré et préoccupé.

– Alors ? m'a questionné Arianne.

– Je veux lui parler. Je suis sûr qu'il va rappeler.

– Je ne sais pas quoi penser de tout ça. D'après la filiale de Tokyo, le *Nishin Maru* approche de Madagascar.

– Oui. Mais il ne s'agit pas de notre *Nishin Maru.*

Je l'ai mise au courant de tout ce que j'avais appris et nous sommes arrivés à la même conclusion :

– Alors, ils lancent un nouveau bateau-usine, le baptisent du même nom que l'ancien, annoncent et prouvent, documents en main, que ce dernier n'existe plus puisqu'il a été démoli à Timor, et les organismes, le contrôle baleinier, croient n'avoir affaire qu'à un seul *Nishin Maru* tandis que le navire qui n'existe pas saccage les mers autant que ça lui chante. Ça en représente, des pots-de-vin, dans les ports où ils relâchent, pour ne pas être vus ni enregistrés sur les livres de la capitainerie. Si nous réussissons à réunir des preuves, nous allons faire éclater le scandale du siècle. Dommage que nous n'ayons qu'un seul témoin.

– Deux, Arianne. Nous avons deux témoins.

– Nilssen n'a mentionné personne.

– Mais moi si : Sarita Díaz, la correspondante qui nous a envoyé le télex. Elle a vu le *Nishin Maru.*

7

Puerto Montt est très vague dans ma mémoire. C'est toujours resté l'endroit où je descendais du train et où les voyages vers le sud commençaient pour de bon. Mais mes souvenirs fragmentaires me suffisaient pour voir Sarita marchant sur le quai fouetté par les vagues et le vent. Dans ma profession, on développe d'invisibles antennes de langouste. Elles ont soudain fonctionné et j'ai senti que Sarita était en danger. J'ai pris le téléphone et j'ai composé la longue série de chiffres qui m'ont mis en liaison avec le Chili.

Pendant l'attente, j'ai calculé le décalage horaire. À Hambourg, nous étions le 17 juin et il était presque deux heures du matin. Au Chili c'était encore la veille, il serait bientôt neuf heures du soir, et comme à Puerto Montt les gens ont l'habitude de se coucher tôt, j'avais des chances de trouver Sarita chez elle.

Une voix de femme a répondu, aussitôt remplacée par celle d'un homme.

– Qui est à l'appareil ?

– Je suis un ami de Sarita et j'appelle d'Allemagne. Est-ce que je peux lui parler ?

– Fichez la paix à ma fille ! a répondu l'homme, et il a raccroché.

Je suis resté avec le téléphone dans la main et j'ai pensé que les événements prenaient une tournure qui me plaisait de moins en moins.

Je me suis rappelé Sarita durant son bref passage à Hambourg :

– Alors ? Vous m'acceptez comme correspondante ?

– Nous ne pouvons pas te payer. Pas pour le moment.

– Ça m'est égal. Tout ce que je vous demande, c'est de ne pas me laisser seule au bout du monde...

Sarita était en difficultés. Je ne pouvais pas préciser lesquelles, mais des gens qui osent faire naviguer un bateau dont l'immatriculation est un certificat de décès ne sont pas des sentimentaux.

Il restait environ une heure avant que Nilssen ne rappelle. J'ai téléphoné à mes associés et nous avons convenu de nous retrouver au bureau à cinq heures du matin. J'ai meublé le temps en pensant à ce personnage mystérieux qui, comme tous les "vengeurs", commençait à m'inspirer de la sympathie.

8

Qui était Nilssen ? Et à quoi ressemblait-il ? Les hommes australs que j'avais connus autrefois étaient en général des individus peu causants, d'aspect rébarbatif, et c'était seulement après avoir gratté minutieusement la cuirasse de leur personnalité qu'apparaissaient les natures communicatives. Je me souviens particulièrement de l'un d'eux. Un homme très grand et corpulent, chevelure rebelle et barbe blanche, qui après avoir été *peón* d'estancia, châtreur de moutons, contremaître, puis marin sur le bateau-école *Baquenado* et enfin baleinier, a fait une pause dans ses courses sur les mers australes pour devenir le plus grand écrivain du Chili. Il s'appelle Francisco Coloane, il doit avoir environ quatre-vingts ans et, chaque fois qu'un ami lui rend visite, il l'emmène naviguer sur les canaux et les mers du Bout du Monde.

Voici bien des années, en 1940 je crois, dans un récit intitulé "L'épave de Kanasaka", Coloane a raconté son étrange rencontre avec un navigateur condamné à la solitude jusqu'à la fin des temps.

Cette rencontre avait effectivement eu lieu dans les eaux de la Baie Désolée, dans le canal Beagle. Le navire sur lequel se trouvait l'écrivain avait failli heurter une épave qui flottait au gré des courants et, agrippé à elle, un Indien yagan était passé tout près, frôlant presque le pont, le bras tendu comme s'il voulait indiquer la route des catastrophes.

L'équipage et les passagers restèrent muets d'effroi devant le terrible spectacle, mais Coloane, au cours de ce voyage et d'autres qui suivirent, enquêta et finit par apprendre d'où venait le Yagan et ce qu'avait été sa tragédie.

C'était un Yagan chasseur de phoques. Un jour qu'il suivait la piste d'un animal qui avait une belle fourrure, il s'était aventuré sur la banquise et c'est alors que, soit à cause d'une chute dans l'eau, soit à cause du crachin ou de sa propre sueur, la basse température avait congelé son corps en l'arrêtant en pleine course. Plus tard, le printemps avait disloqué la glace et l'avait condamné à être un navigateur fantôme.

J'avais quatorze ans quand j'ai entendu Francisco Coloane raconter cette histoire à des pêcheurs de Chiloé. Bien des années ont passé, mais je me souviens de chaque mot de sa conclusion :

“Ainsi, tout s'explique facilement ; mais dans mon souvenir demeure comme un symbole la figure hiératique et sinistre du cadavre du Yagan de Kanasaka, poursuivant sur la mer les profanateurs de ces solitudes, les Blancs ‘civilisés’ venus troubler la paix de sa race et causer sa dégénérescence avec l'alcool et leurs calamités. Et semblant leur dire de sa main tendue : ‘Hors d'ici !’”

9

Jorge Nilssen a été ponctuel.

– Non. Je ne peux pas vous dire au téléphone ce qui s'est passé. Si ça vous intéresse vraiment, si vous voulez connaître les faits, venez. Je vous invite à naviguer sur mes mers. Mon bateau, le *Finisterre*, est à votre disposition.

– C'est un trop long voyage. Vous êtes de l'autre côté du monde. Donnez-moi votre numéro et je vous rappelle. Comme ça vous n'aurez pas à vous préoccuper du prix de la communication et nous pourrons parler sans être limités par le temps.

– Je vous appelle d'une petite poste et nous avons de la chance que j'aie réussi à avoir la ligne. Si je ne me trompe pas, vous êtes chilien.

– Oui. Je suis né là-bas.

– Ne vous en faites pas. Il y a pire, dans la vie. Vous venez, oui ou non ?

– Écoutez, monsieur Nilssen. Je vais vous donner le numéro d'une journaliste à Puerto Montt…

– Sara Díaz ?

– Vous la connaissez ?

– Non. Et je crains d'être le porteur d'une mauvaise nouvelle. Ce matin j'ai appris qu'une journaliste avait été agressée. Elle a été renversée par une voiture au moment où elle sortait d'un laboratoire photographique. On lui a volé quelque chose. Je ne sais pas quoi, mais je suppose que c'est elle, la fille que j'ai vue avant-hier soir prendre des photos du *Nishin Maru* dans le chantier de la marine de guerre. Pauvre petite. Elle est à l'hôpital avec des fractures multiples. Vous venez ?

J'ai senti que le couvercle se soulevait et que la puanteur inondait tout sans tenir compte des distances. Sarita payait pour avoir informé, et nous ne pouvions pas l'abandonner.

– Oui. Je pars dès que possible. Comment vous contacter ?

– Du calme. Ne vous inquiétez pas pour la gamine. Je me charge de la conduire en lieu sûr. Je vous attends entre le 19 et le 23 juin. Prenez l'avion pour Santiago, là vous trouverez un billet à votre nom pour Puerto Montt, vous vous rendrez ensuite à la Caleta San Rafael, face à l'île Calbuco, et vous chercherez l'*Oiseau fou*, une lanche du Canal. Nous vous attendrons là.

Après, tout est allé très vite. Mes associés ont immédiatement approuvé le voyage. Greenpeace a décidé d'enquêter officiellement sur l'événement et, le lendemain, j'étais en possession d'un billet d'avion.

À l'aéroport, mon fils aîné m'a demandé de lui rapporter un grand coquillage "pour écouter ta mer", et Arianne m'a remis un emblème de l'organisation : la queue d'une baleine en train de plonger.

– Bienvenue à l'Arc-en-ciel et bonne chance.

Une main me secoue gentiment l'épaule. L'hôtesse de l'air me demande si je veux aussi des écouteurs.

– Des écouteurs ?

– Pour le film.

– Quel film ? Excusez-moi, j'étais à moitié endormi.

– *Pirates.* De Roman Polansky, m'informe-t-elle avec son plus grand sourire.

Oui. Je vais là-bas. À ta rencontre, Monde du Bout du Monde. Et j'ignore ce qui m'attend.

III

1

Le mardi 21 juin à la tombée de la nuit, un avion des lignes aériennes nationales me déposa à Puerto Montt. J'avais dans le corps la fatigue de plus de trente heures de vol. Hambourg-Londres-New York-Bogota-Quito-Lima-Santiago.

Pendant le vol, j'avais longuement réfléchi à ce voyage de retour au Chili que j'avais toujours ajourné par peur de retrouver un pays qui ne serait pas fidèle à celui que j'avais dans ma mémoire. Au doux pays noble et bon du premier amour, au territoire inoubliable de l'enfance.

Je fais partie, parmi bien d'autres, de ceux qui ont connu la prison et qui ont fui l'horreur pour rassembler des forces dans le *no manr's land* de l'exil ; mais le monde nous a reçus en nous assénant la gifle d'une réalité inconnue.

La barbarie militaire locale n'était pas différente des autres barbaries en uniforme, et nous avons peu à peu découvert que nos petits rêves étaient égoïstes. Nous nous étions convaincus que nous étions capables de chasser les ennemis de la justice en les forçant à lutter sur un terrain que nous pensions maîtriser mais, au fond, et par commodité, nous les laissions continuer à fixer les règles du jeu.

Après une longue, difficile et douloureuse période, l'exil transformé en une sorte de séjour d'études nous a permis de comprendre que la lutte contre les ennemis de l'humanité se livre sur toute la planète, qu'elle ne demande ni héros ni messies, et qu'elle fait partie de la défense du plus fondamental des droits : le Droit à la Vie.

Santiago du Chili. J'étais heureux à Hambourg, mais je pensais toujours aux retrouvailles avec Santiago. Je me souvenais de cette ville comme d'une fiancée, et j'avais peur de la retrouver transformée en petite vieille sénile, rendue oublieuse par le passage des ans.

Je n'eus pas le temps de vérifier dans quel état elle se trouvait, car le billet réservé par Jorge Nilssen me laissait une demi-heure avant de poursuivre vers le sud. J'aperçus tout juste sa Cordillère fatiguée, ces "symboles de l'hiver" que chante Silvio Rodríguez, et le voile de smog qui la couvre comme une veuve.

J'arrivai à Puerto Montt avec l'hiver. À la descente de l'avion, je sentis le salut glacé du Pacifique. La température n'était que de quelques misérables degrés au-dessus de zéro, et la bise me mordait le visage. Je sentais mon corps au bord d'être transformé tout entier en bloc de glace. Je repoussai la tentation de m'enquérir de Sarita et montai dans le taxi Land Rover qui me conduisit à San Rafael.

Une douzaine de lanches mouillaient dans l'anse, de sorte que je n'eus pas à chercher trop longtemps pour trouver l'*Oiseau fou.* Un homme fumait sur le pont, il sauta à terre en me voyant et je sus immédiatement que c'était Jorge Nilssen.

Une épaisse chevelure grise empêchait de calculer son âge, et je le vis franchir les quelques mètres qui nous séparaient avec cette démarche de pélican caractéristique des marins qui ont beaucoup de milles derrière eux, navigateurs comme on peut encore en voir dans certains ports d'Europe et qui fournissent les équipages de bateaux sous pavillons pauvres, Panama ou Libéria. Ils ne descendent pas souvent à terre et semblent garder dans leurs corps le balancement des navires. Il reste peu de spécimens de cette marine romanesque. Les équipages modernes sont composés d'officiers experts en informatique et de jeunes marins pour qui la mer n'est qu'une situation transitoire. La paye n'est pas des meilleures et la modernisation des ports a mis fin aux espérances de voir un peu le monde. Les hommes ont tourné le dos à l'envoûtement des océans.

Quand nous fûmes l'un en face de l'autre, il se planta, jambes écartées, et me tendit la main.

– Capitaine Jorge Nilssen. Vous avez fait bon voyage ?

– On peut parler de ça plus tard. Vous avez des nouvelles de Sarita ?

– Rassurez-vous. Ça n'est pas aussi grave que je le pensais. Elle a une jambe et deux côtes cassées, mais elle s'en remettra. Pour le moment, elle reprend des forces en lieu sûr. Elle est au courant de votre voyage et vous pourrez bientôt la voir, mais pas tout de suite. On va attendre que les eaux se calment un peu. Suivez-moi. Je vous ai réservé une chambre dans une pension amie.

Nous marchâmes en silence. Un de ces silences qui sont la meilleure forme de communication. Et en arrivant à la pension, nous savions que nous pouvions avoir confiance l'un en l'autre.

J'étais épuisé, mais je ne voulais pas renoncer à un dîner de fruits de mer, les meilleurs du monde. La chicha de pommes fraîche et le vin *pipeño,* âpre et rude comme il l'est dans ces parages, me réconcilièrent avec mon corps. Après le dîner, l'odeur du bois brûlant dans la salamandre invitait à la conversation.

– Longtemps à l'étranger ? demanda Nilssen.

– Depuis 75. Est-ce que je dois vous appeler capitaine ? Je vous pose la question parce que c'est comme ça que vous vous êtes présenté.

– C'est la force de l'habitude. Les îliens me disent capitaine et soyez sûr que ça ne me déplaît pas. Mais s'ils me disaient " mon capitaine", ça serait une autre affaire. Vous pouvez m'appeler comme ça vous chante.

– Qu'est-ce qui est arrivé au *Nishin Maru ?*

– Patience. Vous allez tout savoir. Vous allez tout voir. Il y a des choses qui ne peuvent pas être racontées. Le langage ne suffit pas pour parler de la mer.

– Alors dites-moi au moins qui vous êtes.

– Un bâtard de la mer.

– Ça ne me suffit pas, capitaine. Mon voyage est une preuve de confiance absolue en vous, je suis entre vos mains, et les gens de Greenpeace tout comme moi nous aimons connaître nos interlocuteurs.

– Ce que vous me demandez est un peu difficile. Je suis un individu peu causant et je n'ai jamais pensé à préparer ma biographie. Vous ne savez pas que les vieux comme moi sont bourrés d'oublis ?

– Et moi je suis bourré de curiosité, capitaine. Je n'ai pas fait vingt mille kilomètres pour dîner avec un inconnu.

– D'accord. Puisque vous insistez. Je vous préviens, ça sera la première fois que je parle de moi. Rapprochez-vous du feu. Vous prendrez bien un marc vraiment noble, un marc des tanneurs ? On le fait fermenter avec du cuir de vache dans le tonneau. Je vais chercher deux verres.

2

Son vrai nom était Jörg Nilssen. Comme son grand-père, comme son père, un aventurier danois qui, en 1910, s'était risqué dans les eaux de Magellan avec un chat pour seule compagnie et l'espoir de découvrir un passage au nord-ouest de l'île Desolación. Un passage qui permettrait de déboucher en plein Pacifique au lieu de traverser le détroit et qui éviterait aux navigateurs le dangereux parcours qui mène à Puerto Misericordia. Le vieux Nilssen n'avait pas trouvé le passage convoité, mais il en avait découvert beaucoup d'autres au nord, enrichissant ainsi les cartes marines australes. Malheureusement pour lui, le vieux Nilssen n'appartenait à aucune armée ou expédition accréditée, de sorte que ses découvertes avaient toujours été escamotées et que son nom n'a été donné à aucune d'elles.

Les Chiliens appellent cette forme de gratitude et de reconnaissance "le paiement du Chili". Mais le vieux Nilssen n'avait pas seulement rencontré l'anonymat, il avait aussi rencontré l'amour d'une îlienne qui avait été longtemps sa compagne des très courts étés et des très longs hivers patagoniens, jusqu'au jour où l'étreinte inéluctable de la mort avait emporté la femme et ne lui avait laissé d'autre compagnie que le fils né sur la mer et bercé par la houle. Pour continuer dans le sillage ouvert un siècle plus tôt dans les eaux froides du Kattegat, il avait prénommé l'enfant Jörg, mais un bureaucrate chilien qui avait des problèmes de prononciation l'avait hispanisé en Jorge.

– Vous vous demandez peut-être pourquoi je ne vous dis pas le nom de ma mère : c'est très simple, elle n'en avait pas. Ma mère était une Ona, une des dernières survivantes de cette race de géants qui, bien avant l'arrivée de Magellan, ont traversé des milliers de fois le détroit dans des embarcations faites de peaux de phoque et de voiles d'écorce. Mon père l'appelait "Femme" et je n'ai pas eu le temps de lui donner un autre nom car elle est morte quelques mois après ma naissance, en 1920. Il lui a survécu vingt ans et, fidèle à la mémoire de sa compagne, il n'a pas cherché d'autre femme et n'a pas abandonné la navigation dans les canaux.

Le peu que je sais d'elle, il me l'a confié au cours des longues nuits d'hiver, à l'abri des fjords qui s'enfoncent dans le continent. Ma mère avait peur de débarquer. Chaque fois qu'ils approchaient d'un port quelconque ou d'une anse, elle s'enfermait sous le pont du cotre en tremblant et en gémissant comme un animal blessé. Et elle avait de bonnes raisons pour ça : c'était une Ona et, tout comme les Yagans, les Patagons et les Alacalufes, elle avait subi les persécutions des propriétaires de troupeaux anglais, écossais, russes, allemands et chiliens ou argentins, qui se sont installés en Patagonie et en Terre de Feu. Ma mère avait été la victime et le témoin d'un des grands génocides de l'histoire moderne. Des propriétaires qui sont aujourd'hui vénérés comme des paladins du progrès à Santiago et à Buenos-Aires ont pratiqué la chasse à l'Indien, payant dix onces d'argent par paire d'oreilles, puis par testicules, par seins et enfin par tête de Yagan, d'Ona, de Patagon ou d'Alacalufe qu'on leur apportait dans leurs estancias.

Pour échapper au massacre, beaucoup sont devenus des nomades de la mer, mais ils n'ont pas trouvé davantage le salut sur leurs embarcations. La chasse à l'Indien est devenue un sport pour les propriétaires de troupeaux et c'est à cette occasion que sont apparues sur le canal les premières lanches à vapeur. Ça ne leur suffisait pas de les expulser de la terre ferme. En brûlant des millions d'hectares de forêts, ils les avaient déjà condamnés à disparaître, mais non, ça ne leur suffisait pas. Il fallait les exterminer tous, un par un. Vous avez déjà entendu parler du tir au pigeon gelé ? C'était ça leur sport, aux Mac Iver, aux Olavarría, aux Beauchef, aux Brautigam, aux Von Flack, aux Spencer, et il consistait à faire monter une famille entière d'Indiens sur un morceau de glace flottante, sur un iceberg. Alors venaient les coups de fusil, d'abord aux jambes, ensuite aux bras, et ils échangeaient des paris sur le dernier à se noyer ou à mourir de froid.

À la mort de mon père j'étais un homme habitué à la solitude et je me méfiais du monde.

C'était un homme bon, mon père. Entre nous, nous communiquions dans un dialecte danois du Kattegat. J'ai appris à le lire et à l'écrire dans le premier livre que j'ai eu entre les mains : le livre de bord du *Fiona*, le voilier qui avait amené mon père de Scandinavie. Plus tard les autorités maritimes chiliennes nous ont obligés à naviguer sous pavillon national et, pour tenir le livre de bord du *Passage de l'Ona*, j'ai dû apprendre l'espagnol.

Le *Passage de l'Ona* était un cotre à quille peu profonde que mon père avait acheté après qu'une tempête eut brisé le *Fiona* sur les récifs de Punta Diego. Je suis né sur le *Passage de l'Ona* et, jusqu'à ce jour, j'y pense comme à ce qui est le plus proche de l'idée de patrie. Mais ce bateau n'existe plus. À la mort de mon père j'ai fait ce que je devais faire : respectant ses coutumes et ses mythes, j'ai attaché son corps à la barre et je l'ai fait couler dans les eaux profondes du golfe de Penas. Peut-être qu'au fond de la mer il a retrouvé sa "Femme". Qui sait.

Je suis resté sans autre compagnie qu'une vieille que j'allais voir sur la côte ouest de l'île Van der Meule, à l'entrée du canal de Messier. Elle ne savait pas l'espagnol, pas davantage le danois, elle ne savait aucune langue. Elle chantonnait seulement en ona quand elle oubliait ma présence, et elle se taisait dès qu'elle se rendait compte que j'étais là. Nous passions comme ça des journées entières. Elle non plus n'avait pas de nom.

À cette époque, je vous parle de 1942, je vivais dans une cabane construite par mon père et qui résiste toujours aux vents de la côte nord-est de l'île Serrano, séparée de celle de Van der Meule par le mille et demi du canal de Messier. Je n'étais pas un naufragé, mais j'étais seul. J'étais l'unique habitant de l'île Serrano, et je ne mens pas en disant que je préférais parler avec les dauphins qu'avec la vieille Ona d'en face. Au moins les dauphins me répondaient, tandis que la pauvre grand-mère noyait ses paroles dans une peur plus épaisse que le brouillard fuégien. Mais chaque fois que le temps le permettait, je traversais le canal sur un petit bateau à voile, une chaloupe avec un foc, rien de plus, pour la voir et être avec elle.

Un jour, je ne l'ai pas trouvée. Les cendres de son foyer étaient encore tièdes et, à proximité, j'ai découvert dcs traces de bottes en peau de phoque. Elle était partie, emportant avec elle le poids de ses années et de ses peurs. J'ai compris que je ne la reverrais jamais et que rien ne m'attachait plus à ces parages.

Bien des années plus tard j'ai appris sa mort et su qu'elle avait été la dernière Ona. La fin d'une race de navigateurs sur les mers les plus hostiles du monde. Je me souviens que j'ai lu quelque chose sur sa mort dans un journal de Punta Arenas. Des membres d'une expédition française l'ont rencontrée en train de dériver devant l'île Desolación, à l'endroit où le détroit de Magellan débouche sur le Pacifique. Ses rames étaient cassées et sa petite embarcation résistait miraculeusement aux vagues sans chavirer. Les Français l'ont hissée à bord de leur bateau, l'ont examinée, ont calculé qu'elle avait environ quatre-vingt-dix ans et l'ont déclarée folle, car au moindre moment d'inattention elle tentait de sauter par-dessus bord et de remonter dans son canot. Pour la calmer, ils lui ont injecté un sédatif et ça l'a achevée. Elle n'était pas folle Les dieux onas vivent dans la mer et elle les avait cherchés jusqu'à l'arrivée des intrus.

Enfin. Je suis arrivé à Punta Arenas et j'ai pris la mer comme matelot sur le *Magellan*, puis je suis passé sur le *Tomé*, sur le *San Estebán*, des bateaux qui transportaient du bois, de la viande et des céréales pour l'Europe en guerre. Quelques années plus tard, à Santander, j'ai changé de cap et j'ai aimé naviguer dans les Caraïbes jusqu'au moment où j'ai été tenté par l'océan Indien et le Pacifique sud. Mururoa, la Nouvelle-Zélande, l'Australie, le Japon. Je suis allé de bateau en bateau jusqu'en 1980. Alors mon horizon s'est rétréci. Aucune compagnie de navigation, même libérienne, ne voulait plus m'engager dans ses équipages. J'avais soixante ans. Un corps trop rouillé pour la haute mer. Que faire ? Je ne m'étais jamais senti chilien, mais les Maoris, autre race de navigateurs, disent que tout animal marin retourne à sa baie d'origine. C'est bien possible car, à la veille de mes soixante ans, je me suis mis à faire de plus en plus souvent le même rêve : je me voyais en train de naviguer sur les canaux du sud du monde – vous remarquerez que je ne dis pas du Chili : allez sur le Beagle et demandez aux phoques, aux cormorans et aux pingouins des îles Pincton, Lenox et Nueva s'ils se sentent chiliens ou argentins. La souveraineté est un mouchoir inventé par les militaires pour essuyer leur morve.

J'ai compris que ces rêves étaient une sorte d'appel et je suis revenu. Avec mes économies de quarante ans de navigation déposées dans une banque panaméenne, j'avais de quoi m'assurer une vieillesse plus qu'acceptable dans n'importe quel asile de marins, mais le sud me travaillait toujours et je suis revenu.

À la fin de 1981, à Puerto Ibañez, j'ai trouvé un cotre aux lignes anciennes, fait pour les longs parcours, et j'ai acheté le *Finisterre*, matelot compris. Mais oui. Une espèce de géant noble comme le pain et sans autre foyer que le bateau, et qu'on appelle Petit Pedro pour le différencier de l'autre Pedro, son père, qui dépasse les deux mètres.

Avec Petit Pedro, on s'est compris dès le premier moment, on a mis le bateau en état et on a pris la mer, cap au sud.

Sur l'île Serrano nous avons trouvé la cabane pratiquement telle que je l'avais laissée quarante ans plus tôt. Personne n'habite l'île. Le climat extrêmement hostile et rigoureux fait peur, et je pense parfois que ces milliers d'îles, d'îlots et de rochers sont ce qu'il y a de plus proche du moment de la création. Ça m'a paru le meilleur endroit pour jeter l'ancre, le temps qui me reste. Mon vrai port. Et c'est ainsi que Petit Pedro et moi, on a navigué des années entières sans se cogner à personne, en laissant la sage humeur de la mer mener notre vie. Mais rien ne dure.

Un jour, nous nous sommes rendu compte que les dauphins s'absentaient à des époques anormales.

Puis les baleines pilotes ont cessé de sauter devant les falaises de l'île Van der Meule. Le golfe de Penas, qui voyait toujours au printemps l'accouplement des baleines pilotes était calme comme une eau morte. Le désastre écologique provoqué au nord de Reloncavi par les Japonais, et leurs serviteurs du régime militaire chilien ne nous était pas inconnu. Nous savions que la déforestation massive des cordillères côtières avait fait disparaître, peut-être pour toujours, le spectacle des saumons remontant les rivières pour frayer. L'abattage de la forêt d'origine, d'arbres aussi anciens que l'homme américain et même d'arbustes incapables de donner de l'ombre a fait de ces régions qui avaient toujours été vertes de lamentables paysages en voie de désertification, et cet abattage a causé l'extermination de milliers de variétés d'insectes et de petits animaux qui rendaient possible la vie dans les rivières, mais tout cela nous l'imaginions bien plus au nord : plus de mille milles nous séparaient de cette catastrophe. Nous nous demandions : qu'est-ce qui se passe dans notre mer ? Un matin de l'été 1984, nous avons eu la réponse.

Ce que nous avons vu nous a glacés. Vous savez ce que c'est que le *Caleuche* ? Le vaisseau fantôme. Le Hollandais Volant sous un autre nom. Eh bien, le *Caleuche* lui-même ne nous aurait pas autant impressionnés que ce que nous avons vu devant le golfe de Trinidad, au sud de l'île Mornington.

Nous avons vu un bateau-usine de plus de cent mètres de long, avec plusieurs ponts, arrêté, mais ses machines tournant à plein régime. Nous nous sommes approchés pour reconnaître le pavillon japonais qui pendait à la poupe. À un quart de mille, nous avons reçu un tir d'avertissement et l'ordre de nous éloigner. Et nous avons vu aussi ce que faisait ce bateau.

Ils aspiraient la mer avec des tuyaux d'environ deux mètres de diamètre. Ils sortaient tout, en provoquant un courant qu'on a senti sous notre quille, et après le passage de la suceuse la mer n'était plus qu'une espèce de soupe noirâtre et morte. Ils sortaient tout, sans s'arrêter à penser aux espèces interdites ou sous protection. La respiration presque paralysée par l'horreur, nous avons vu plusieurs bébés dauphins se faire aspirer et disparaître.

Et le plus horrible, ç'a été de constater que par un trop-plein fixé à l'arrière ils rejetaient à l'eau les déchets de la boucherie.

Ils travaillaient vite. Ces bateaux-usines sont l'une des plus grandes saloperies inventées par l'homme. Ils ne vont pas sur les bancs. La pêche, ça n'est pas leur affaire. Ils cherchent la graisse ou l'huile animales pour l'industrie des pays riches et, pour arriver à leurs fins, ils n'hésitent pas à assassiner les océans.

Cette année-là, en naviguant en pleine mer dans les parages du faux cap Horn, on a vu d'autres bateaux pareils. Sous pavillons des États-Unis, du Japon, de l'Union soviétique, de l'Espagne, et ils faisaient tous exactement la même chose.

Nous avons passé un mauvais hiver. J'étais à la fois désolé et furieux, et je finissais par avoir envie de bourrer le *Finisterre* d'explosifs et de me lancer toutes voiles dehors contre le prochain bateau-aspirateur. Oui, nous avons passé un hiver épouvantable.

Sous le regard étonné de Petit Pedro, je manipulais la radio à ondes courtes en quête d'un conseil. Vous ne pouvez pas savoir à quel point les marins chérissent la radio. C'est comme la voix de Dieu qui se souviendrait de nous de temps en temps. Et puis, au moment où tous mes espoirs semblaient couler à pic, j'ai fini par tomber sur un bulletin d'information qui m'a remonté le moral : Radio Nederland annonçait une action de Greenpeace en Méditerranée. Il s'agissait d'empêcher l'usage de la barre philippine, une autre façon scandaleuse d'assassiner le fond des mers employée par les coraliers. Je me souviens que j'ai sauté en embrassant Petit Pedro. On n'est pas seuls, Pedro ! Il n'y a pas que nous qui voulons sauver la mer ! Et alors j'ai eu la plus grande surprise de ma vie : Petit Pedro, qui est un homme taciturne, m'a parlé avec un sérieux que je ne lui connaissais pas.

– Patron, je vais vous confier un secret. Je vais rompre un serment. Vous savez que je suis Alacalufe et que, pour nous, jurer sur les pierres du foyer est sacré. Patron, je sais où se cachent les baleines Chaudron.

Et il m'a mis dans le secret.

Voilà pourquoi, quand nous avons vu le *Nishin Maru* devant le golfe de Corcovado, nous sommes allés à la grande île de Chiloé pour contacter les gens de Greenpeace. Dommage qu'ils soient si loin. Mais nous avons gagné la bataille contre les Japonais sans autre aide que celle de la mer. Amour et haine. Vie et mort. Secret et révélation. Tout en même temps et sans âges. C'est ça, la mer...

Un long silence suivit les paroles du marin. Le crépitement du feu semblait le prolonger et nous invitait à demeurer ainsi.

– Je ne sais pas quoi dire. Je ne sais pas par où commencer.

– Disons-nous bonne nuit. Moi aussi je suis fatigué.

– D'accord. Bonne nuit, capitaine Nilssen.

3

Le lendemain, le capitaine Nilssen me tira du lit aux premières lueurs de l'aube. Dans la salle à manger nous attendaient une généreuse cafetière et un pain sortant du four. Il devina mes pensées et s'empressa de me donner des nouvelles de Sarita.

– Elle va mieux. Naturellement elle a mal, comme pour toutes les fractures, mais c'est une fille solide. Comme vous le savez, nous sommes en pays de sorciers, et ceux-ci l'ont prévenue de votre arrivée. De son lieu de repos, elle vous envoie son salut et cette note : tenez.

Sur une feuille couverte d'une écriture tremblante, Sarita disait qu'après avoir vu le *Nishin Maru* dans le chantier de la marine de guerre, elle avait décidé de le photographier, sans prendre, semblait-il, les précautions qui s'imposaient. Elle avait porté les rouleaux de pellicule au laboratoire d'un ami et, au moment où elle en sortait avec les photos, deux inconnus en voiture l'avaient renversée. Elle avait à peine pu voir leurs visages, mais elle était certaine qu'il s'agissait de Chiliens. Ils lui avaient arraché les documents et l'avaient laissée par terre dans la rue. Sarita me remerciait de l'avoir fait mener en lieu sûr car, à l'hôpital, on l'avait menacée de mort si elle ouvrait la bouche. Elle ignorait que tout était l'œuvre de Nilssen et je préférai ne pas poser de question à ce sujet. J'avais confiance en Nilssen et avoir confiance en quelqu'un est l'un des meilleurs sentiments que l'on puisse héberger.

– Qu'est-ce qu'on va faire maintenant, capitaine ?

– Nous allons partir avec l'*Oiseau fou* vers le nord pour que vous puissiez voir le *Nishin Maru*, et nous nous dirigerons ensuite vers le sud à la rencontre du *Finisterre.*

L'*Oiseau fou* était une lanche à quille plate capable de voler au ras de l'eau poussée par deux puissants moteurs diesel. Ce qu'on appelle un bateau de *matuteros*, les contrebandiers des mers australes. Son équipage se composait de Don Checho, homme avare de ses paroles, et d'un matelot surnommé "le Collègue", qui me donna plus tard des leçons de grande cuisine en naviguant à quarante nœuds et par des creux d'un mètre.

Nous appareillâmes en direction du nord-est en longeant l'île de Calbuco et, après une demi-heure de route, nous entrâmes dans la passe de Reloncaví. Puerto Montt se profila à l'horizon nord et un léger coup de barre avant de passer devant le môle militaire nous permit de gagner les abords de l'arsenal.

Oui. C'était le *Nishin Maru.* Je le comparai avec une photo que j'avais. C'était le même *Nishin Maru* que Greenpeace avait bloqué dans le port de Yokohama. Il présentait de fortes avaries au flanc bâbord, comme s'il avait subi de nombreuses collisions, et un essaim d'ouvriers s'activait aux travaux de réparations.

– Je me demande contre quoi il a bien pu cogner.

– Contre la mer. Comme vous pouvez le voir, il se trouve très loin de l'île Maurice.

– Ce bateau-là, oui. Mais le *Nishin Maru II* navigue effectivement là-bas. Et j'ai rapporté au capitaine Nilssen tout ce que nous avions découvert à propos des faux envois à la casse qui permettent la navigation illégale.

– Eh bien. Qui a dit que la piraterie était terminée ? Bon. Vous l'avez vu, et vous savez que c'est vrai. Maintenant, il vous reste à voir le meilleur. Don Checho, cap au sud et pleins gaz.

L'*Oiseau fou* vira à cent quatre-vingts degrés et prit la direction du sud en ouvrant dans la houle une large blessure d'écume.

– Il vaut mieux descendre tenir compagnie au Collègue. Ce vent taillade le visage. Mais avant, je voudrais vous montrer quelque chose d'intéressant. Vous savez ce que c'est, ça ?

Le capitaine Nilssen m'indiquait une butte de couleur jaune orangé qui s'élevait à côté du port. Des camions et des bulldozers circulaient et montaient sur ses pentes. Au sommet, on voyait des grues.

– Une montagne. Je sais que ça peut paraître bizarre, mais je ne me souviens d'aucune montagne près du port.

– Ce n'est pas bizarre. C'est une montagne neuve et elle n'est née d'aucune irruption souterraine. C'est une montagne de bois. Une des nombreuses montagnes de bois qui décorent depuis cinq ans le littoral du sud du Chili. C'est comme ça que finissent les forêts : arbres nobles, arbustes, tout finit débité en copeaux et embarqué pour le Japon. Matière première pour l'industrie du papier. Certains disent que c'est le prix qu'on doit payer pour le plaisir de lire, mais ce n'est pas certain. Ravager la forêt primitive est beaucoup plus rentable que d'investir dans des projets forestiers.

La vision de cette montagne de bois provoquait des blessures beaucoup plus vives que celles dont le vent menaçait nos visages.

Nous nous installâmes sous le pont dans une sorte de cabine qui ne permettait pas de se tenir debout et, tandis que Nilssen dépliait une carte marine, le Collègue nous décrivit dans tous ses détails le mouton en daube qu'il allait nous servir à midi. Il montait régulièrement dans le poste pour consulter Don Checho et revenait piler des condiments dans son mortier.

– On entre dans le golfe d'Ancud. Vous voyez, c'est calme. Si vous voulez bien, je vais avancer un peu dans mon histoire.

– Je vous en remercie.

– Très bien. Comme vous savez, j'ai été, moi aussi, au courant de l'autorisation de tuer des baleines bleues, mais je ne lui ai pas accordé d'importance. Pas à cette époque-là. Pas à l'entrée de l'hiver. C'est pour ça que, quand j'ai vu le *Nishin Maru* devant Corcovado, j'ai pensé à la révélation que m'avait faite Petit Pedro et je n'ai pas eu de doutes sur ses intentions : il cherchait des baleines Chaudron. Pourtant, quelque chose ne collait pas.

Si les Japonais avaient été, eux aussi, au courant de la cachette des cétacés, ils auraient dû faire relâche pour se ravitailler dans un port bien approvisionné et certainement pas aussi au nord. Ils auraient dû s'arrêter à Punta Arenas, le dernier port abrité avant l'Antarctique, et, leur ravitaillement fait, appareiller en direction du nord, au-delà de la baie Salvación, pour naviguer ensuite cap à l'est sur les fjords. Quelque chose ne collait pas. Les réserves des docks de Puerto Montt sont misérables, et le *Nishin Maru* ne s'était même pas approché de ses quais. Il avait mouillé devant Corcovado pour y attendre quelque chose d'important et, avec Petit Pedro, on se creusait la cervelle pour savoir ce que ça pouvait être.

On a vite été renseignés : le matin du 4 juin, un petit hélicoptère biplace a survolé le bateau à plusieurs reprises en essayant de se poser sur une plate-forme de métal léger installée sur le pont arrière. Il n'y est pas arrivé, car le Puelche avait commencé à souffler. Vous savez de quoi je parle ?

Le Puelche. À la fin de l'automne, on commence à sentir les premières rafales des vents venus de l'Atlantique, des vents qui balayent la pampa, avancent sans rencontrer de barrières dans les cordillères usées de la Patagonie argentine et, un peu avant de toucher le littoral chilien, passent au ras des cordillères basses des Quatre Pyramides et de Melimoyu en se mélangeant à l'haleine glacée des neiges éternelles. Quand ils atteignent la mer face à l'extrême nord de l'archipel des Guaitecas, ils se cognent aux vents puissants qui viennent du Pacifique, changent leur cours est-ouest pour remonter vers le nord et continuent comme ça jusqu'aux golfes d'Ancud et de Reloncaví avec des rafales glacées qui font trembler jusqu'aux pierres. Quand le Puelche souffle, il vaut mieux rester à la maison, disent les marins chilotes.

C'était clair : un sacré coup de Puelche se préparait. Le *Nishin Maru* a levé l'ancre et gagné Puerto Montt. Là, l'hélicoptère a enfin réussi à se poser, ils l'ont arrimé avec des filins et des bâches, et le bateau est reparti pour la pleine mer en direction du sud-ouest, pour chercher la sortie du canal de Chacao par le sud du golfe de Los Coronados, face au cap de Heucho-cuicui. Difficile de comprendre le pourquoi de l'hélicoptère, mais en tout cas le capitaine Tanifuji était pressé. Il affrontait une tempête d'une durée indéterminée en haute mer pour marcher à pleine vitesse cap au sud. Vous me suivez sur la carte ?

Je le suivais très attentivement. Pendant qu'il parlait, la main droite du capitaine Nilssen faisait naviguer rapidement son index sur la carte marine, et j'avais du mal à mémoriser les noms des îles, caps, golfes et autres accidents géographiques. Je lui demandai une pause pour me familiariser avec la carte, il accepta et me laissa devant la feuille semée de milliers de taches vertes.

Avant de monter sur le pont, le capitaine Nilssen me lança un regard amusé.

– Vous n'avez pas besoin d'apprendre la carte. C'est impossible. Personne n'est capable de faire tenir autant de noms dans sa cervelle. Ayant de vous laisser seul, je vais vous raconter une anecdote : un bon ami à moi, un navigateur chilote qui mérite bien le titre de loup de mer, a été pendant des années pilote dans le détroit de Magellan. L'homme prenait la barre de n'importe quel bateau et le conduisait sans problèmes côté Pacifique ou côté Atlantique. Mais mon ami avait une tare : il n'avait jamais étudié dans une école navale et, pour comble de malchance, il était socialiste. Au moment du coup d'État militaire de 73 quand l'armée a tout pris, la préfecture maritime de Punta Arenas l'a convoqué pour un examen avant de lui renouveler sa licence de pilote. Donc mon ami César Acosta et ses quarante ans d'expérience se sont assis devant un imbécile qui portait les galons de lieutenant. L'officier a déplié une carte maritime du détroit et lui a dit : "Indiquez-moi où sont les bancs de sable les plus dangereux." Mon ami s'est gratté la barbe et lui a répondu : "Si vous savez où ils sont, je vous félicite. Moi, pour naviguer, ça me suffit de savoir où ils ne sont pas."

Un peu avant midi, je suis monté à mon tour sur le pont et j'y ai trouvé les trois hommes qui buvaient du maté sans se préoccuper de l'horizon brumeux qui laissait à peine voir les contours des îles.

Nous avons laissé derrière nous les Chauquenes, les îles Tac, Apio, Chulín et, à deux heures, nous avons mouillé dans la crique de Puerto Chaitén pour prendre du carburant et nous régaler d'un sensationnel mouton en daube parfumé de laurier et de clous de girofle.

– On va se reposer une heure, histoire de se dérouiller les jambes et de se détendre le corps. On a devant nous un morceau difficile et ça ne sera pas une partie de plaisir, sur cette boîte de sardines. Quelques milles vers le sud, et on entrera dans le Corcovado. Vous savez que vous avez de la chance ? En suivant le *Nishin Maru* sur cette même route, nous avons eu un temps de cochon, m'indiqua le capitaine Nilssen, tandis que le Collègue s'informait des désirs gastronomiques de Don Checho pour le soir.

La baie de Corcovado s'ouvre à environ vingt-cinq milles au sud de Puerto Chaitén. En été et sans vent, elle présente une surface lisse d'une transparence incomparable qui permet d'apercevoir les fonds marins, mais en hiver et avec les vagues de fond du Pacifique, c'est un passage diaboliquement dangereux.

Une quarantaine de milles séparent la baie de la côte orientale de Chiloé. Le point le plus austral de Chiloé est séparé à son tour de la pointe nord de l'archipel des Guaitecas par un canal de trente et quelques milles de large. Les courants puissants du Pacifique pénètrent dans ce canal mais, arrivés au milieu, ils se heurtent à l'île Guafo et se divisent pour se retrouver avec plus de force dans le centre du canal où ils poursuivent leur route, formant des tourbillons effrayants qui viennent battre la baie de Corcovado en l'agrandissant siècle après siècle et en arrachant des blocs de rochers au glacier Corcovado qui plonge son môle de granit droit dans la mer.

Ce fut une dure traversée. Don Checho et le capitaine Nilssen se relayèrent à la barre, et moi je luttai pour maintenir mon estomac en un endroit quelconque de mon corps qui ne soit ni les pieds ni la tête, tandis que le Collègue, ses ustensiles bien arrimés au foyer par des bandes de toile cirée, se livrait à ses préparatifs culinaires.

Je crois que l'*Oiseau fou* fit la plus grande partie du trajet en l'air. Il touchait l'eau pour s'envoler de plus belle au milieu des chocs furieux et des gémissements affolés de l'armature. À cinq heures de l'après-midi il faisait déjà noir et soudain, miraculeusement, nous entrâmes dans un havre de paix. Après avoir rapidement contourné un îlot par le sud-est, Don Checho stoppa les moteurs et le Collègue sauta à terre.

Pour la première fois depuis le début du voyage, Don Checho m'adressa la parole :

– Vous vous êtes bien amusé, l'ami ? Nous voici au sud de l'île Refugio. On l'appelle comme ça parce que les sommets de la cordillère de Melimoyu la protègent du vent. Là-haut le Puelche souffle, mais il va s'abattre une douzaine de milles à l'ouest. Collègue, qu'est-ce qu'on mange ?

Le matelot salua la loquacité imprévue de son patron par un euphorique : – Ragoût de moules !

Assis sur le pont, nous dînâmes d'un formidable pain de moules, des mollusques grands comme la main et d'une irrésistible couleur rose. Après le repas, nous commentâmes les péripéties du voyage et je tentai d'en savoir un peu plus sur ces deux hommes. Je posai quelques questions auxquelles ils répondirent par des monosyllabes dégoûtés, et la conversation paraissait sans avenir jusqu'à ce que je les interroge sur les caractéristiques des moteurs et sur l'endroit où ils les avaient achetés.

Ils éclatèrent de rire tous les deux.

– On lui raconte, chef ? demanda le collègue.

– Bien sûr. S'il est avec Nilssen, on peut avoir confiance. Mais sans exagérer, collègue. Ne chie pas trop dans la colle.

– Ho ! ho ! ce chef que j'ai ! Écoutez. Avant, on avait un petit moteur phtisique qui marchait quand il voulait et on n'avait pas de quoi s'en acheter un autre. Un jour, ou plutôt une nuit, Dieu qui est grand et qui veille sur son troupeau, nous a envoyé l'alliance pour le progrès. Le mot *Unitas*, ça vous dit quelque chose ? C'est des manœuvres navales que font les Yankees et les Chiliens. Bref, une torpille a chopé les gringos pendant qu'ils jouaient aux envahisseurs dans la baie de Cucao, sur la côte ouest de Chiloé, et ils ont laissé échouées deux péniches de débarquement, des grandes avec pont amovible et tout. On les a vues, le chef et moi, et on s'est dit : "Putain qu'ils sont généreux, les gringos. Ils nous ont laissé ces petits moteurs en cadeau." On les a démontés et les voilà. Quand on pense qu'il y a de mauvaises langues qui se plaignent des Yankees.

– Mais ces moteurs doivent être très lourds, et celui que vous aviez…

– Je vous ai dit que Dieu veille sur son troupeau. Comme par hasard, on se trouvait sur le *Finisterre* et ce bateau-là, il peut tout faire.

Le Collègue avait terminé son récit et il se mit en devoir de laver les assiettes et les casseroles. Assis sur le pont, j'allumai une cigarette et je sentis que je commençais à aimer le *Finisterre*.

4

Aux premières lueurs du 23 juin nous laissâmes derrière nous le débarcadère naturel de l'île Refugio pour continuer notre route en direction du sud.

Les eaux étaient calmes et cristallines, et pourtant la radio annonçait des vents forts sur la pleine mer. La température ne dépassait pas deux degrés quand nous pénétrâmes dans la bouche nord du canal de Moraleda. À l'est, nous vîmes défiler les îles Tilo et Magdalena. À l'ouest, les Guaitecas, les Leucayec, les Chaffers, les îles Carrao, Filoména, Huenahuec, Tránsitó, Cuptana, Melchor et des centaines d'îlots anonymes, peuplés de phoques et d'oiseaux de mer qui contemplaient, impassibles, le passage de l'*Oiseau fou.*

– Le 7 juin, nous étions ici, commença le capitaine Nilssen. En repérant la fréquence radio du *Nishin Maru*, on a pu calculer qu'il était tout près. Il y avait juste les îles entre nous. Le Japonais naviguait à environ cent milles de la côte, et donc le temps jouait en notre faveur. Pour entrer dans le golfe de Penas et chercher la cachette des baleines, il devait d'abord faire un détour à l'ouest, puis au sud, en évitant les bancs de sable autour de la péninsule de Taitao. Nous, on connaissait un raccourci, vous le verrez bientôt, et on avait l'intention de l'attendre à l'entrée nord du canal de Messier, en la barrant avec le *Finisterre.* Mais Tanifuji était mieux informé que nous le pensions, et il est malin comme un renard affamé. Vous allez voir pourquoi je vous dis ça mais, avant, je voudrais profiter de l'endroit pour vous montrer quelque chose d'intéressant, même si ça n'a rien à voir avec notre voyage. Regardez. Cette tache verte à bâbord, c'est la côte nord de l'île Melchor, séparée de l'île Victoria par un canal de quelques mètres seulement de large, et peu profond. Ce canal sans nom débouche à l'ouest sur une baie face aux îles Kent et Dring, et c'était autrefois un bon refuge pour les boucaniers. Mon père a navigué dans ce canal et c'est à lui qu'on doit les mesures des fonds qui figurent sur les cartes. Ça se pourrait bien que la légende du bateau fantôme, le *Caleuche*, soit née dans cette baie, même si, à l'origine, le navire portait un autre nom : le *Cacafuego.*

– Le *Cacafuego* ? C'est la première fois que j'entends ce nom.

– Ça ne m'étonne pas. Son premier capitaine s'appelait Alonso de Méndez et il n'est resté à ce poste que trois semaines. Il est mort pendu au grand mât sur l'ordre de son successeur, Francis Drake.

– Drake le pirate ?

– Lui-même. Sir Francis Drake. En 1577, Francis Drake a franchi le détroit de Magellan avec une flotte de six brigantins. Un seul, le *Golden Hind*, a survécu à la traversée, et Drake s'est dirigé avec lui vers le nord en pillant quelques villes du Chili, puis du Pérou. Au Callao, il a eu la chance de tomber sur le *Cacafuego*, un navire construit dans les chantiers du nouveau monde, mal armé, mais excellent pour le transport. Le *Cacafuego* avait une grosse cargaison d'or et d'argent, si grosse que Drake n'a pas pu la transborder sur le *Golden Hind* pour couler ensuite le navire espagnol.

Le pirate devait choisir : ou traîner le lourd *Cacafuego* comme un boulet vers le nord, à la recherche de nouveaux butins et surtout de quelques bons navires pour y transborder les précieux métaux, ou laisser sa prise sous le commandement d'un homme de toute confiance. Il a choisi la seconde solution et nommé Williams O'Barrey, un Irlandais sanguinaire dont la tête avait été mise à prix par la ligue hanséatique, capitaine du *Cacafuego*.

Ça se passait pendant l'hiver 1577. Drake savait qu'aucun navire espagnol ne viendrait du sud, et il s'est donc lancé toutes voiles dehors vers le nord, dans l'espoir de surprendre d'autres embarcations espagnoles à l'embouchure du Guayas. O'Barrey est resté, avec un équipage de trente hommes et la consigne d'attendre le retour de Drake.

À l'époque, il n'existait chez les pirates que deux motifs de mutinerie : la faim et l'or. C'est le second qui a poussé l'Irlandais à la désobéissance et, en juillet de la même année, il a hissé les voiles pour mettre le cap au sud, son bateau chargé à ras bord. En trois mois O'Barrey a réussi à faire 2 500 milles et, en octobre, une forte tempête l'a surpris tout près de l'endroit où nous sommes, presque devant l'île Lemu.

Le navire trop chargé ne lui permettait pas de gagner la pleine mer pour se mettre à la cape, et il a cherché refuge dans le golfe formé par les îles Melchor, Victoria et Dring. Il aurait mieux fait de s'abstenir car, quand la tempête s'est calmée, il a découvert trois navires de la flotte espagnole qui lui bloquaient la sortie. Il avait trop tardé dans sa tentative de gagner le détroit de Magellan. Le *Cacafuego* n'avait pour se défendre que deux canons et les mousquets de l'équipage. Les navires espagnols, eux, étaient bien équipés en artillerie, et les corsaires savaient que la corde les attendait. O'Barrey, trop optimiste, croyait pouvoir compter sur l'indulgence des assiégeants en échange de la livraison du butin, mais les pirates ne lui ont pas pardonné sa lâcheté : ils l'ont pendu au même mât que l'infortuné capitaine de Méndez.

À la tombée de la nuit, un épais brouillard s'est abattu sur le golfe et les assiégeants ne se sont pas aperçus que le *Cacafuego* prenait la fuite.

Les pirates ont parcouru cinq milles au sud du golfe et, par un passage très étroit qui sépare les îles Victoria et Dring, ils ont débouché dans les eaux du canal que nous connaissons aujourd'hui sous le nom de Darwin. Ils étaient drôlement bons navigateurs, ces pirates, et leur timonier devait être un type qui pensait avec les mains. Le brouillard a dû couvrir le littoral plusieurs jours durant : impossible, sinon, de s'expliquer comment les assiégeants ont mis quatre jours pour retrouver le navire fugitif à quatre-vingt-dix milles au sud, dans l'entrée du golfe de Penas, qui s'appelait à l'époque le golfe de Peñas : ce sont les cartographes anglais qui ont modifié son nom en enlevant l'accent sur le *n**.

Les Espagnols auraient pu attaquer les pirates dans le golfe, mais ils ne l'ont pas fait, probablement pour éviter que les assiégés coulent le navire. En pendant le capitaine O'Barrey, les pirates avaient montré qu'ils n'étaient pas disposés à se rendre, et les Espagnols les ont laissés s'engager dans le canal de Messier. Les Espagnols ne connaissaient pas les canaux. Les canaux, ça ne les a jamais intéressés, pas plus que les terres du sud du monde, ils étaient peut-être terrorisés par les descriptions des monstres et des créatures de cauchemar qui étaient supposés habiter les îles. La seule fois qu'ils ont montré de l'intérêt pour ces régions, c'est quand Francisco de Toledo a ordonné la conquête de Trapananda, nom qui demeure encore un mystère, et il a fallu pour ça qu'il soit poussé par l'hypothétique richesse de la fabuleuse cité perdue des Empereurs, rien de moins. Bref, les Espagnols ont laissé les pirates entrer dans le Canal de Messier et ils ont attendu que la faim et le désespoir les fassent ressortir en pleine mer.

Pour être sûrs de ne pas les perdre une nouvelle fois, ils s'étaient partagé la surveillance du littoral. Un navire est resté dans le golfe de Penas, à l'entrée nord du canal. Un autre s'est avancé de cent milles au sud, jusqu'à la sortie

* Ce qui le transforme, de golfe des Rochers, en golfe des Peines.

du canal Dinley, et le dernier s'est posté entre l'île Madre de Dios et la baie Salvación.

C'était une manœuvre intelligente : les pirates devaient bien sortir un jour, et à supposer qu'ils veuillent faire par les canaux les cinq cents milles qui les séparaient du détroit de Magellan, le navire posté devant la baie Salvación les verrait et pourrait leur bloquer le passage.

L'attente s'est prolongée quatorze mois et le *Cacafuego* ne donnait toujours pas signe de vie. Finalement les poursuivants, renforcés par quatre nouveaux navires, se sont lancés dans les canaux à leur recherche. Ils ne les ont jamais retrouvés. Personne ne sait si le *Cacafuego* a atteint un jour la pleine mer, mais il existe chez les Onas, les Yagans et les Alacalufes des centaines de légendes qui parlent d'individus blonds débarquant de l'or dans les îles pour alléger leur bateau. Et les légendes disent que les matelots vident les cales mais qu'ils les retrouvent pleines en revenant à bord. Il y a aussi beaucoup d'îliens qui jurent qu'ils ont vu un bateau aux voiles en lambeaux naviguer lourdement, et qu'ils ont entendu dans le brouillard les lamentations de son équipage, toujours à la recherche de la liberté de la pleine mer.

J'ai connu des marins, comme le vieil Eznaola, un Basque de Puerto-Chaitén, qui sortent encore en arborant sur leur cotre des pavillons d'amnistie, pour mettre fin à la malédiction du pirate O'Barrey et tirer ces pauvres diables de leur enfermement.

Peut-être que le *Cacafuego* est le *Caleuche.* Et, sinon, qu'elle importance ? Il y a assez d'espace, dans ces eaux, pour beaucoup de vaisseaux fantômes...

À la tombée de la nuit, nous avons viré à l'est de l'île Victoria pour prendre la passe du milieu, au nord de l'île Quemada, et nous sommes entrés dans le grand fjord d'Aysen.

En continuant dans le fjord sur quarante mille vers l'intérieur du continent, on arrive à Puerto Chacabuco et aux villes d'éleveurs d'Aysen et de Coyaique, capitale de la Patagonie. Mais l'*Oiseau fou* relâcha dans la Caleta Oscura, une anse à l'entrée du fjord.

Pour nous remettre de cette journée, le Collègue nous servit un succulent ragoût de coquillages et d'algues et, après le dîner, le capitaine Nilssen m'indiqua qu'il nous fallait encore quelques heures pour atteindre le *Finisterre.*

– Quelques heures et un peu plus. Ma parole, j'ai oublié de vous demander : vous savez monter à cheval ?

– Oui. Mais je suis plutôt un médiocre cavalier.

– Ça ne fait rien. On a soixante-dix kilomètres à faire sur un sale terrain. Mais ne vous inquiétez pas. Le cul est la partie du corps qui oublie le plus vite les mauvais traitements.

5

Le 24 juin à cinq heures du matin nous quittâmes la Caleta Oscura pour pénétrer dans le canal Costa en direction du sud.

Nous fîmes route presque en ligne droite, sans pratiquement toucher à la barre, par un passage large d'un mille, entre l'île Traigén à l'ouest et les glaces de la cordillère d'Hudson à l'est.

À trente milles au sud, et en prenant pour point de repère l'île Simpson, nous entrâmes dans le fjord des Éléphants, bordé sur sa rive orientale par les neiges imposantes de la cordillère de San Valentin qui dresse ses quatre mille mètres de solitude aiguisée par les vents. Au centre du fjord, nous vîmes plusieurs douzaines de dauphins croisés, de beaux animaux à la peau très sombre, rayés sur les côtés de coups de pinceaux argentés, qui se déplaçaient avec délicatesse dans les eaux paisibles.

Ils s'approchèrent de l'*Oiseau fou* avec naturel, comme on salue une vieille connaissance et, par des sauts gracieux, remercièrent le Collègue des poissons qu'il leur lança.

Flèches de nuit et d'argent arrêtant leurs deux mètres en plein vol, plongeant et réapparaissant tout près du bateau, nous disant quelque chose d'indéchiffrable de leurs bouches menues aux dents ambrées.

Don Checho donna un coup de barre pour rapprocher l'*Oiseau fou* de la côte occidentale verte et escarpée. Nous étions en face de la péninsule de Sisquelan et, à quelques milles au sud, nous allions trouver l'infranchissable barrière gelée formée par les glaces de la lagune de San Rafael.

Le vent annonçait la présence des glaces éternelles, des six cent mille hectares de glaciers qui commencent à l'extrême sud du golfe des Éléphants et où, voici à peine un siècle, se réunissaient les Chonos, les Alacalufes, les Onas et les Chilotes pour dépecer une baleine échouée, échanger des fourrures, chasser le phoque, l'éléphant de mer, solder de vieux comptes avec la vie et la mort, et pour que les dieux de la mer fécondent leurs vierges et remplissent la tête de leurs jeunes gens de promesses de bonheurs et de plaisirs.

Un Anglais est passé par ces lieux, et il les a regardés sans rien comprendre. Il a écrit : "Tristes solitudes où la mort, plus que la vie, semble régner en souveraine." N'ayant rien compris, en bon Anglais, il a menti. Il s'appelait Charles Darwin.

– Ce que nous voyons n'est pas normal, fit remarquer le capitaine Nilssen. Les croisés sont des dauphins de pleine mer. Ceux-là se cachent dans le fjord, et pourtant ils restent amicaux. Ils comprennent peut-être que nous ne sommes pas des ennemis. Qui sait ? Je trouve parfois les dauphins beaucoup plus sensibles que les êtres humains, et plus intelligents. C'est l'unique espèce animale qui n'accepte pas de hiérarchies. Ce sont les anarchistes de la mer.

Les dauphins continuèrent à sauter jusqu'à ce que nous ayons touché terre. Il est possible que leur nature amicale soit plus forte que l'instinct de conservation.

Nous avons accosté par un quai naturel formé de rochers plats. Le spectacle des dauphins m'avait empêché de voir l'homme qui nous attendait, enveloppé dans un épais poncho de molleton, et qu'il était difficile d'ignorer, car Petit Pedro était immense.

Je pus me rendre compte de sa taille quand il s'approcha pour saluer le capitaine Nilssen.

– C'est lui, l'homme qui écrit ? demanda-t-il.

Nilssen fit les présentations et le géant me tendit sa main ouverte.

Après avoir mangé une réconfortante ratatouille d'algues diverses, luche et cochayuyo, nous fîmes nos adieux à Don Checho et au Collègue. Je crois que je garderai toujours la nostalgie de leurs plats préparés en ignorant la houle et le vent, ou peut-être en s'en servant comme d'un condiment de plus.

L'*Oiseau fou* appareilla en direction du nord et Petit Pedro nous mena aux chevaux, trois rosses poilues dont les naseaux fumaient et qui ne montraient pas beaucoup d'enthousiasme à l'idée qu'on leur monte dessus. Il nous donna également des éperons à larges molettes et des ponchos de molleton, et la chevauchée commença.

Le ciel s'éclaircit et nous pûmes ainsi jouir d'un panorama de cordillères basses, de lagunes d'eau douce, de ruisseaux, de forêts et de grottes dans lesquelles se trouvent peut-être les trésors du *Cacafuego*. La nuit tomba très rapidement et nous continuâmes notre chevauchée sous une nuée d'étoiles, répétées et multipliées par leurs reflets sur les glaces et sur les parois du glacier de San Valentin, barrière infranchissable qui coupe la péninsule de Taitao.

Taitao s'avance sur environ quatre-vingts milles dans le Pacifique. À son extrémité sud-ouest, elle se rétrécit en une mince bande qui, sur la carte, ressemble à des lèvres pincées soufflant en direction du continent pour former la bulle verte de la péninsule de Tres Montes et les bulles plus petites des îles Crosslet.

Il ne faisait que deux degrés au-dessous de zéro, mais la clarté de la nuit et la proximité du glacier de San Quintin produisaient une impression polaire. Nous chevauchions toujours au trot ou au pas, et les ponchos de molleton nous abritaient si bien que personne ne songeait à une halte qui nous aurait fait perdre de notre chaleur, jusqu'à ce qu'à l'approche du petit matin Petit Pedro impose le droit de nos haridelles à se reposer.

Pendant que les chevaux disputaient quelques brins d'herbe au givre, Petit Pedro prépara un déjeuner de muletiers, pain, viande fumée et maté, qui me fit monter au septième ciel.

Le 25 juin à onze heures du matin, nous aperçûmes les eaux calmes comme un miroir de la baie de San Quintín, fermée au sud par l'étreinte d'une autre péninsule, appendice de celle de Taitao : la péninsule de Forelius.

Deux cavaliers nous y attendaient, immobiles sur leurs montures. C'étaient les frères Eznaola, les fils du navigateur basque qui, aujourd'hui encore, essaie de libérer de la malédiction l'équipage du vaisseau fantôme, et les propriétaires des rosses que nous montions.

Ils devaient les ramener à leur estancia, « La Bien Aimée », en franchissant quelque deux cent cinquante kilomètres vers l'est, traversant glaciers et cordillères jusqu'aux rives du lac Cochrane sur la frontière argentine.

Nous fîmes les kilomètres suivants en compagnie des Eznaola, hommes voués au silence, jusqu'au golfe de San Estebán. Là se trouvait le cotre, qui se balançait, nerveux et impatient d'appareiller.

6

Le *Finisterre* était un bateau aux lignes fines. J'avais imaginé un cotre gréé à l'anglaise, avec plusieurs voiles au mât ainsi qu'un nombre adéquat de focs, mais j'avais devant moi une embarcation avec une seule voile portée par une vergue à hisser et un petit foc frappé sur l'étai.

Il était peint en vert et les jointures de la coque indiquaient un calfatage opéré par des mains habiles, parfaitement lisse. L'eau transparente du golfe laissait voir en partie la quille vierge de rouille, et le capitaine Nilssen m'invita à monter à bord.

Ses douze mètres de longueur et ses quatre de largeur étaient un monument de sobriété. Le robuste gréement était soigneusement entretenu. La barre se trouvait à un mètre et demi de la poupe, sans habitacle. À côté de la barre, comme une sentinelle, se dressait le socle de bronze bien astiqué du compas, et deux boucles de jute solidement fixées au pont indiquaient l'endroit où le timonier posait les pieds pendant les traversées mouvementées.

À la poupe était suspendue la chaloupe capable de contenir quatre personnes, les avirons courts reposant sur son ventre. À deux mètres de la proue s'ouvrait l'écoutille coulissante qui me conduisit dans l'intimité du *Finisterre.*

À l'avant étaient rangés les instruments de navigation et divers outils. Au centre, deux couchettes et une table. Sur un côté était fixée la radio, et à l'arrière se trouvaient le moteur, la pompe de cale, deux réservoirs de carburant et la chaîne de la barre descendant à la quille par deux écubiers métalliques habillés de caoutchouc.

Nous fîmes nos adieux aux Eznaola, et Petit Pedro se servit de la barre pour écarter le bateau du rivage. Puis il envoya le foc, et le bateau se mit à filer avec légèreté. Nous fîmes ainsi les premiers milles cap au sud, et nous entrions dans le golfe de Penas quand le capitaine Nilssen hissa la grande voile au tiers du mât.

– Prenez la barre. Ne craignez rien. On approche de la fin du mystère et j'ai besoin d'indiquer certains points sur la carte pour que vous compreniez mieux quand vous y serez. Petit Pedro n'est pas aussi bon cuisinier que le Collègue, mais il est imbattable pour les soles grillées. Vous avez déjà mangé des soles enrobées dans du sel ? Préparez-vous à vous régaler et, en attendant, faites très attention à ce que je vais vous dire.

Vous voyez cette tache à bâbord ? C'est l'île Javier. Derrière, se trouvent le canal Chear et une série de fjords qui s'enfoncent jusqu'à vingt milles à l'intérieur du continent. Le matin du 8 juin, nous avons été assaillis par une violente bourrasque de sud-ouest de plus de quarante nœuds qui nous a empêchés de faire la manœuvre prévue, c'est-à-dire de gagner le centre du golfe de Penas et d'entrer vent arrière dans le canal de Messier. Nous pensions aller mouiller discrètement dans la passe du sud-ouest, qui relie le canal à la pleine mer en séparant l'île Byron et l'île Juan Stuven. De cette position, il aurait été facile de barrer la passe au Japonais, mais ce maudit vent soufflait de plus en plus fort et nous a obligés à chercher refuge dans le canal Chear.

Vers midi, le golfe avait des creux de trois mètres et il semble que le capitaine Tanifuji avait sous-estimé le nom du lieu où il naviguait – le golfe des Peines. La bourrasque et les lames l'ont forcé, lui aussi, à chercher un abri, et nous avons vu apparaître le *Nishin Maru* à l'entrée sud du canal Chear.

Un peu moins d'un demi-mille nous séparaient. Nous pouvions distinguer la silhouette entière du *Nishin Maru*, mais eux ne nous voyaient que partiellement. À la tombée de la nuit, ils nous ont complètement perdus de vue et ils nous ont alors cherchés avec la radio, sur la fréquence de la capitainerie de Punta Arenas. L'opérateur radio nous a demandé dans un espagnol approximatif si on était en difficultés. Nous lui avons répondu que non, en ajoutant que nous étions des pêcheurs de coquillages surpris par la tempête. Après une longue pause, ils ont cherché de nouveau le contact, cette fois pour nous dire qu'on parlait avec un navire de la marine de guerre, qu'on était dans une zone de manœuvres navales, et ils nous ont donné l'ordre d'appareiller en direction du nord. Nous avons répondu d'accord, et nous avons passé la nuit à observer les feux du *Nishin Maru* sur l'horizon sud.

Au matin la bourrasque avait un peu faibli, mais elle n'avait pas changé de direction : elle soufflait toujours du sud. Le canal de Messier la déversait sur nous comme un flot de haine. Pour sortir de là, on a longé la côte nord de l'île Javier et, en prenant les lames presque par le travers, on a gagné l'ouest du Golfe. Passée la pointe Anita, nous avons reçu les bons vents du Pacifique, des vents qui soufflent d'ouest en nord-est, et on a mis toute la toile pour traverser le golfe en diagonale. On a bien failli casser la barre. Nous savions que nous avions plusieurs milles d'avance sur le *Nishin Maru* mais, en passant devant le canal de Messier, à environ trente milles à l'entrée nord, ce damné vent nous a entraînés sur la bouche de Canales, qui s'enfonce jusqu'à cent milles à l'intérieur du continent par un labyrinthe de fjords, reliés entre eux par des passages très étroits que peu d'hommes connaissent. Mon père était de ces hommes-là, et Petit Pedro est capable de les trouver les yeux fermés. On est restés là. Rien d'autre à faire que d'attendre une accalmie. On était à vingt milles de la bouche nord du canal de Messier.

De cet endroit, on a vu apparaître le *Nishin Maru* au centre du Golfe. Il se dirigeait à pleine puissance vers le canal. Impossible de lutter de vitesse avec lui, et on l'a vu atteindre le canal en longeant la péninsule de Larenas.

Tanifuji connaissait bien son cap et sa route : d'abord quinze milles dans le canal de Messier cap au sud, puis trente-cinq au sud-ouest en prenant le canal de Swett pour entrer dans le détroit Baker, ensuite vingt milles en ligne droite cap à l'est, pour déboucher enfin sur la grande baie sans nom, fermée par le continent et les îles Videnau, Alberto et Merino Jarpa. Cette baie compte plus de cinquante fjords, et plusieurs groupes de baleines Chaudron y ont leur refuge.

De notre côté, nous avons affalé les voiles et nous sommes entrés au moteur dans la bouche de Canales.

Les premiers quarante milles ne sont pas difficiles : le *Finisterre* évite bien les coudes et les récifs, mais on tombe bientôt sur des bancs d'algues et les pales menacent à tout instant de se bloquer. Mais enfin, sur le soir, on avait réussi à gagner l'entrée du canal Troya, qui sépare les îles Alberto et Marino Jaspa, et on a retrouvé le *Nishin Maru* dans la grande baie sans nom.

Il restait très peu de lumière, mais ça suffisait pour reconnaître le style de chasse du capitaine Tanifuji. Vous avez déjà entendu parler de la chasse aux chevaux à l'australienne ? C'est très simple : on repère en hélicoptère les troupeaux de chevaux sauvages et on attend la nuit. Alors de puissants projecteurs rendent les chevaux fous de peur, ils se mettent à galoper en rond et les chasseurs les mitraillent du ciel.

C'était pour ça que Tanifuji avait attendu l'hélicoptère à Corcovado. Et ici, dans la grande baie, il mitraillait les baleines qui arrivaient, curieuses, à l'appel des projecteurs.

Au matin, les Japonais continuaient à hisser à bord des baleines mortes. Nous les avons vus en charger une vingtaine à la file, et ils avaient travaillé toute la nuit sans relâche : impossible, donc, de savoir combien ils en avaient tué. L'eau de la baie puait le sang et les lambeaux de peau flottaient partout.

J'ai senti qu'on arrivait à la fin d'un long voyage. Je ne pouvais pas voir de pire saloperie. J'ai pensé débarquer Petit Pedro et me jeter avec le *Finisterre* en plein contre la salle des machines du *Nishin Maru.* J'ai cinq cents litres de carburant à bord, ça fait un bon molotov. Pedro a lu dans mes pensées et, pour la deuxième fois, il m'a parlé comme à un étranger. "Non, patron. Je suis plus de ces eaux que vous." Et il a mis la chaloupe à l'eau.

Je l'ai vu ramer en direction du *Nishin Maru.* Quand il a été tout près, les matelots se sont mis à lui balancer des ordures, des boîtes de conserve, des déchets que Pedro leur renvoyait sans arriver à les atteindre. Ensuite ils ont braqué un jet d'eau. Les Japonais riaient en l'arrosant, et Pedro faisait de son mieux pour maintenir la chaloupe à flot.

Je ne savais pas, je ne pouvais pas imaginer ce qu'il se proposait de faire en restant comme ça collé contre le *Nishin Maru* pendant que l'équipage urinait sur sa tête. Ce qui s'est passé après, vous le verrez demain, mais je serais stupide de ne pas vous le dire tout de suite.

Deux nouveaux tuyaux d'arrosage s'étaient joints à la fête et Pedro n'arrivait pratiquement plus à se maintenir à flot. Brusquement, une baleine Chaudron a émergé tout près de la chaloupe : avec beaucoup de précautions, elle a poussé Pedro et son embarcation pour les éloigner du bateau. Alors, obéissant à un appel qu'aucun autre homme n'a entendu sur les mers, un appel si aigu qu'il blessait les tympans, trente, quarante, cent, une multitude de baleines et de dauphins se sont mis à nager à toute allure jusqu'à toucher presque la côte pour se retourner avec une vitesse accrue et aller se briser la tête contre le bateau. À chaque nouvelle attaque il y avait de nombreux morts, la tête éclatée, mais les autres cétacés ne s'en souciaient pas, et ils ont répété leurs assauts jusqu'à ce que le *Nishin Maru*, drossé à la côte, menace de s'échouer. Ils l'ont poussé tout près des récifs et, à bord, ç'a été la panique. Des matelots affolés mettaient à la mer les canots de survie qui étaient déchiquetés à coups de queue dès qu'ils touchaient l'eau. Soudain un incendie s'est déclaré, l'hélicoptère a flambé sur le pont arrière, et Tanifuji a donné l'ordre de s'éloigner de toute la puissance des machines sans se préoccuper du sort des matelots qui se débattaient encore dans l'eau et qui ont été impitoyablement mis en pièces par les baleines et les dauphins.

Vous avez du mal à croire tout ça ? C'est vrai que c'est incroyable, mais demain vous verrez de vos propres yeux les lieux et les restes de la bataille. Je vous avais prévenu que l'histoire était incroyable. Incroyable, aussi, que les animaux aient laissé partir le *Nishin Maru* au moment où ils étaient sur le point de le faire échouer et poussé la chaloupe, avec Pedro à bord, jusqu'au *Finisterre* sans même le frôler.

Et maintenant, laissez la barre. Vous savez que vous ne vous y prenez pas mal ? Vous ne l'empoignez pas à pleines mains ; vous la sentez avec vos mains, et c'est le secret des bons timoniers. Attendez-vous à quelque chose de fameux. Les soles de Petit Pedro sont prêtes.

7

Cette nuit-là, ancrés à l'entrée du détroit Baker, je ne pus trouver le sommeil. Toutes les histoires de mer que j'avais lues dans ma vie remontaient dans ma mémoire et se mélangeaient avec le récit du capitaine Nilssen.

Bien couvert, je montai sur le pont. Le capricieux hiver austral m'offrait une nuit incomparable. Les milliers d'étoiles paraissaient à portée de main et la vision de la Croix du sud indiquant les confins polaires me remplit d'une émotion dont la force et la conviction m'étaient inconnues. Je sentais enfin que j'étais, moi aussi, de quelque part. Je sentais enfin un appel plus impérieux que l'invitation de la tribu, celle que l'on entend ou que l'on croit entendre, ou que l'on s'invente comme un palliatif à la solitude. Sur cette mer sereine mais jamais calmée, sur cette bête silencieuse qui bandait ses muscles en se préparant pour l'étreinte polaire, sous les milliers d'étoiles témoins de l'éphémère et fragile existence humaine, je sus enfin que j'étais de là et que, quoi que je fasse, je porterais toujours en moi les éléments de cette paix terrible et violente, annonciatrice de tous les miracles et de toutes les catastrophes.

Cette nuit-là, assis sur le pont du *Finisterre*, je pleurai sans m'en rendre compte, et ce n'était pas à cause de ce qui était arrivé aux baleines.

Je pleurai parce que j'étais de retour chez moi.

Le matin du 26 juin se leva sans nuages et la température baissa brutalement : huit degrés au-dessous de zéro.

Les eaux de la grande baie sans nom offraient un calme plat, et le *Finisterre* naviguant sous son petit foc y ouvrait une délicate cicatrice.

Soudain Petit Pedro m'empoigna par une épaule en me montrant un corps volumineux qui émergeait à tribord et, pour la première fois de ma vie, j'assistai aux sauts d'une baleine Chaudron.

Le cétacé stoppait net ses six mètres en l'air, plongeait à tribord, et réapparaissait à bâbord quelques minutes plus tard pour recommencer sa gymnastique prodigieuse. La baleine nous escorta deux heures durant, jusqu'au moment où nous arrivâmes sur les lieux de la bataille, comme disait le capitaine Nilssen.

Des débris de peau noire, des lambeaux couleur de jais de plusieurs mètres de long, flottaient encore comme les restes de naufragés dévorés par les poissons qui montraient la tête à la surface.

Sur la côte de l'île Alberto s'étaient rassemblés des milliers d'oiseaux de mer et de rapaces venus des pampas patagoniennes. Ils liquidaient ce qui restait de la boucherie. On pouvait distinguer nettement les ossements de nombreuses baleines et d'autres, plus petits, probablement de dauphins ou d'infortunés matelots du *Nishin Maru.*

Je me rappelai que j'avais un appareil photo. Je demandai au capitaine Nilssen si je pouvais faire des photos et il me répondit d'une voix lasse :

– C'est à vous de décider.

Petit Pedro me regardait. Je découvris soudain que le géant avait des yeux d'un bleu intense et je vis, tandis qu'il reportait son regard sur la mer, une expression de douleur infinie envahir son visage. Je laissai l'appareil.

– Pedro, comment vous expliquez-vous que les baleines vous aient aidé ? Et qu'elles ne se soient pas défendues avant ?

Petit Pedro répondit sans quitter la mer des yeux.

– Vous savez par mon patron que je suis Alacalufe. Je suis né sur la mer et je sais des choses qu'on ne peut pas expliquer. Elles sont, c'est tout. Mon peuple, le peu qui en reste, assure que les baleines ne savent pas se défendre et que ce sont les seuls animaux capables de pitié. Quand j'ai mis la chaloupe à la mer et que j'ai ramé vers le baleinier, je savais que l'équipage allait m'agresser et que les baleines, en me voyant sans défense, attaqué par un animal plus gros, n'hésiteraient pas à venir à mon secours. C'est ce qui est arrivé. Elles ont eu pitié de moi.

– Et qu'est-ce qui va se passer avec les baleines qui restent ?

Elles s'en iront. La Chaudron qui nous a escortés est un mâle parti en éclaireur. Elles chercheront d'autres baies, d'autre fjords au sud, toujours plus au sud, jusqu'à ce que le monde leur manque, conclut Pedro Chico en manœuvrant la barre avec douceur.

– Voilà. Vous avez vu. Vous pouvez écrire ce que vous voudrez, dit le capitaine Nilssen, et il ajouta :

– N'oubliez pas de mentionner le *Finisterre*. Les bateaux qui ont connu le goût de l'aventure deviennent amoureux des mers d'encre et ils aiment naviguer sur le papier.

Épilogue

Le 6 juillet, nous repartîmes à Hambourg. Je dis nous, car Sarita m'accompagnait.

Une jambe dans le plâtre et un bandage orthopédique autour du ventre, elle s'installa dans l'avion sans cesser de m'interroger sur ce que j'avais vu dans les canaux.

Après un voyage de retour rapide, le *Finisterre* nous avait laissés à Puerto Chacabuco, au bout du grand fjord d'Aysén, où les amis du capitaine Nilssen gardaient Sarita à l'abri de toute menace.

De Puerto Chacabuco nous avions été conduits à Coyaique, et de là à Balmaceda, sur la frontière avec l'Argentine, pour prendre un avion qui nous avait menés à Santiago.

Il ne s'était écoulé que quelques jours depuis mes adieux au capitaine Nilssen, à Petit Pedro et au *Finisterre*, et pourtant ils semblaient très loin dans ma mémoire tandis que nous survolions le cône sud de l'Amérique.

– Qu'allez-vous faire, capitaine ?

– Tant que le *Finisterre* tiendra sur l'eau, je naviguerai. Dites aux gens de Greenpeace qu'ils peuvent compter sur lui. C'est un bon bateau.

– Et il a le meilleur équipage qu'on puisse imaginer.

– On fait ce qu'on peut. Pas vrai, Pedro ?

– Capitaine, je ne sais pas si nous nous reverrons. Je ne sais pas non plus si j'écrirai quelque chose sur ce que j'ai vu. Avant de partir de Hambourg, on m'a donné ce pavillon. C'est l'emblème de l'organisation. Je pense qu'il fera bien au mât du *Finisterre.*

– Merci. Nous aussi, nous avons un cadeau pour vous, enfin pour votre fils. Il avait demandé un coquillage pour écouter votre mer, non ?

– Capitaine… Pedro…

– Bon voyage…

Santiago, Buenos-Aires, Rio de Janeiro. L'Atlantique sous des couches d'écume blanche.

– Allons, faux Hambourgeois. Dis-moi à quoi tu penses.

– À la clinique où nous allons te mener. Tu vas voir que tu pourras bientôt faire du tennis. Et aux chopes de bière que nous allons te faire boire.

– Tu n'écriras rien, n'est-ce pas ? Tout va rester en toi comme un grand secret. Ce que tu as vu, quoi que ça puisse être, t'a dit que toi aussi tu es de là-bas, et cet "être de là-bas" c'est comme un vœu de silence.

– Je ne sais pas si je vais écrire quelque chose. Mais à toi, à Greenpeace, à mes associés, je raconterai une histoire, et vous déciderez si vous la croyez ou pas. Quant à être de là-bas, oui, jamais je n'en ai été aussi certain. Je pense à certaines paroles du capitaine Nilssen. En me parlant de sa vie, il a évoqué un bateau qui n'existe plus comme ce qui était le plus proche de l'idée de patrie...

Vingt heures plus tard, l'Europe.

Sarita dormait tranquillement, à l'abri de toute menace, et moi je pensais aux retrouvailles avec mes enfants. J'imaginais l'expression de l'aîné quand il recevrait le magnifique coquillage que m'avaient donné Nilssen et Petit Pedro.

C'était un coquillage fou. Un mollusque géant qui n'existe que dans les mers australes. Je le sortis du sac et le collai à mon oreille. Oui. Aucun doute. C'était l'écho violent de ma mer. La voix rauque et sèche de ma mer. Le ton éternellement tragique de ma mer.

C'est peut-être le fait de penser à mes enfants qui m'amena à fixer le garçon assis dans la même rangée, de l'autre côté de l'allée. Il devait avoir environ treize ans et lisait en se concentrant à l'extrême, sourcils froncés par le fracas de l'aventure.

Je me penchai comme un intrus sans pudeur pour voir la couverture du livre.

Le gamin lisait *Moby Dick*.

SUITE HISPANO-AMÉRICAINE

Des nouvelles de Cuba (N° 39)

Des nouvelles du Mexique (N° 144)

Histoires étranges et fantastiques d'Amérique latine (N° 1)

Histoires d'amour d'Amérique latine (N° 59)

Fernando AMPUERO
Caramel vert (N° 24)

Alfredo BRYCE-ECHENIQUE
Un monde pour Julius (N° 43)

Mario DELGADO-APARAÍN
La Ballade de Johnny Sosa (N° 112)

Pablo DE SANTIS
La Traduction (N° 93)

Jesús DÍAZ
Les Paroles perdues (N° 53)
Parle-moi un peu de Cuba (N° 161)

Ramón DÍAZ-ETEROVIC

Les Sept Fils de Simenon (Nº 81)

Jorge FRANCO

La Fille aux ciseaux (Nº 48)
Paraíso Travel (Nº 82)

Santiago GAMBOA

Perdre est une question de méthode (Nº 78)
Les Captifs du Lys blanc (Nº 132)
Le Siège de Bogotá (Nº 152)

Mempo GIARDINELLI

Le Dixième Cercle (Nº 23)
Luna caliente (Nº 61)
Les Morts sont seuls (Nº 109)

Alejandro JODOROWSKY

L'Arbre du dieu pendu (Nº 14)
L'Enfant du Jeudi noir (Nº 63)
Albina et les hommes-chiens (Nº 40)
Opéra Panique (théâtre) (Nº 42)

Miguel LITTÍN

Le Voyageur byzantin (Nº 71)

Elsa OSORIO

Luz ou le temps sauvage (N° 65)

Leonardo PADURA

Electre à La Havane (N° 27)
Mort d'un Chinois à La Havane (N° 49)
L'Automne à Cuba (N° 60)
Adios Hemingway (N° 98)
Passé parfait (N° 121)
Vents de carême (N° 122)
Le Palmier et l'étoile (N° 143)
Les Brumes du passé (N° 151)

Virgilio PIÑERA

Nouveaux contes froids (N° 25)

Horacio QUIROGA

Les Exilés (N° 5)
Le Désert (N° 29)
Contes d'amour de folie et de mort (N° 34)
Anaconda (N° 99)

Hernán RIVERA LETELIER

La Reine Isabel chantait des chansons d'amour (N° 70)
Mirage d'amour avec fanfare (N° 94)
La Raconteuse de films (N° 168)

Manuel SCORZA

Roulements de tambours pour Rancas (Nº 15)

Luis SEPÚLVEDA

Journal d'un tueur sentimental (Nº 8)
Yacaré, Hot Line (Nº 19)
Les Roses d'Atacama (Nº 75)
Histoire d'une mouette et du chat qui lui apprit à voler (Nº 83)
Le Vieux qui lisait des romans d'amour (Nº 90)
Le Monde du bout du monde (Nº 105)
Un nom de torero (Nº 106)

Karla SUÁREZ

Tropique des silences (Nº 108)

Paco Ignacio TAIBO II

De passage (Nº 6)

Archanges (Nº 167)

Maruja TORRES

Une chaleur si proche (Nº 72)

Cet ouvrage a été composé par
FACOMPO
à Lisieux (Calvados)

Impression réalisée par
CPI Firmin Didot
à Mesnil-sur-l'Estrée
en février 2012

N° d'édition : 24105004 – N° d'impression : 109848
Dépôt légal : avril 2012

Imprimé en France